NOSSOS MITOS

NOSSOS MITOS

texto
yaguarê yamã

ilustrações
danirampe

PALLAS

Copyright© 2023
Texto: *Yaguarê Yamã*
Ilustrações: *danirampe*

Todos os direitos reservados
à Pallas Editora e Distribuidora Ltda.

Editoras
Cristina Fernandes Warth
Mariana Warth

Coordenação editorial e projeto gráfico
Daniel Viana

Assistente editorial
Daniella Riet

Preparação de texto
Eneida Duarte Gaspar

Revisão
BR75 | Clarisse Cintra

Este livro segue as novas regras
do Acordo Ortográfico da Língua Portuguesa.

CIP-BRASIL. CATALOGAÇÃO-NA-FONTE
SINDICATO NACIONAL DOS EDITORES DE LIVROS, RJ

Yamã, Yaguarê
    Nossos mitos / Yaguarê Yamã ; ilustrações danirampe. --
Rio de Janeiro : Pallas Editora, 2024.

    ISBN 978-65-5602-127-0

    1. Lendas indígenas - Literatura infantojuvenil
I. danirampe. II. Título.

24-199752   CDD-028.5

Índices para catálogo sistemático:
1. Lendas indígenas : Literatura infantil 028.5
2. Lendas indígenas : Literatura infantojuvenil 028.5
Eliane de Freitas Leite - Bibliotecária - CRB 8/8415

Pallas Editora e Distribuidora Ltda.
Rua Frederico de Albuquerque, 56 – Higienópolis
CEP: 21050-840 – Rio de Janeiro – RJ
Tel.: (021) 2270-0186
www.pallaseditora.com.br | pallas@pallaseditora.com.br

Dedico a todos os pesquisadores de culturas indígenas e aos que enveredam por elas, valorizando-as.
Yaguarê Yamã

Antes de tudo, agradeço aos encantados pela vida e possibilidade de encontros e reencontros. Dedico esse livro aos meus avós, que são minha maior inspiração de continuação, de caminho, de guiança para onde devo seguir. Aos meus pais, que me ensinaram e me ensinam sobre o bem viver e sempre me lembram de onde a gente vem. E às minhas irmãs, minhas iguais que caminham junto comigo.
danirampe

SUMÁRIO

CULTURA MÍTICA, NOSSO PATRIMÔNIO 9

MITOLOGIA INDÍGENA 13
MAPINGUARY 15
KURUPYRA 17
WIARA OU BOTO-HOMI 21
COBRA NORATO, UM MITO SATERÉ-MAWÉ 25
ANHANGA 29
KA'APORA 33
MBOITATÁ OU MBAETATÁ 37
SASY PERERÊ, JAXY JATERE E SOSY SOPRÉ 41
BOIAÇU OU COBRA GRANDE 45
PÓKUARA, A PISADEIRA 49
JUMA, O GIGANTE CARNICEIRO DA CULTURA MARAGUÁ 51
MATĨ TÁPE'WERA 55
KORÉ KÃKÃNEMA, A PORCA-VISAJENTA 59
ZORAK, OS MORCEGANJOS DA CULTURA MARAGUÁ 63

KAPELUBU	65
JOUGOROROU	69
YURUPARI	73
AS IRMÃS GUAYARA E KUNHÃGUÉRA	77

ENTIDADES CABOCAS — 79

TIBINGA	81
BEM QUE CHORA	83
CÁ TE ESPERA	85
QUEM TE DERA	89
ONÇA DO PÉ DE BURRO	93
PÉ-TIJELO	97
PETELECO E NEGUINHO DA BUIUNA	99
COMPANHEIROS DO FUNDO	101
ROMÃOZINHO	103

GLOSSÁRIO — 107

CULTURA MÍTICA, NOSSO PATRIMÔNIO

Escrevi este livro com o objetivo de mostrar e valorizar o que é nosso, indígena ou caboco, mas sempre no contexto do respeito aos criadores originários dos mitos, pois um mito não nasce do nada para simplesmente ser tratado como sem dono. Em época de séries como *Cidade Invisível* e outras mais, cuja presença e interpretação de entidades indígenas é duvidosa e, por vezes, criticadas pelo enredo recriado ou fora da realidade indígena, é sempre bom apontar nomes verdadeiros com grafias certas e de seus povos criadores. Mesmo porque tenho visto muitas publicações a respeito das mitologias indígenas, com autores que não se importam em dar os devidos créditos que são de direito dos povos criadores.

Entendeu a ideia? Visando a isso, digo que valorizar os mitos indígenas é bom, mas não se apropriar é melhor ainda.

Já ouviram a frase: Cada um no seu quadrado? Quando povos nativos vêm sendo historicamente mutilados, enganados, surrupiados e subtraídos desde o início da colonização, a defesa de seu patrimônio e o que ainda lhe pertence é um dever.

Deixo claro que essa mania que alguns têm de se apropriar, usurpando a cultura de povos indígenas, e de transformá-las em folclore brasileiro, é injusta.

Os povos indígenas são civilizados, independentemente de sua cultura. Eles têm suas próprias mitologias e, por isso mesmo, não costumam se apossar de personagens de outras mitologias.

Assim, há sempre a necessidade de respeitar as mitologias e crenças indígenas, em vez de se apropriar rotulando-as simplesmente de folclore. Proponho antes de tudo que seja essencial conhecer os povos indígenas. Ligar as entidades às suas verdadeiras mitologias é ajudar a fortalecer suas identidades.

Quem disse que o sábio Kurupyra e o terrível Mapinguary são folclore?! Quem afirma isso sabe pelo menos dizer o significado do nome de cada um deles? Sua essência e a que povo pertence?

Das religiosidades e mitologias nativas, proponho que conheçamos os maraguás, tukanas, baniwas, guaranis, tupinambás, mawés, ianomâmis... Sem subtrair seus valores.

Há uma outra questão essencial que os povos indígenas acham importante que se compreenda: não é porque um mito pertence a uma etnia do Brasil que ele é necessariamente um mito brasileiro. Os povos nativos já estavam aqui antes de haver Brasil, e isso diz muito.

Respeitemos as religiosidades dos povos nativos. Se alguém tem dificuldade de compreender isso, saiba que alguns dos personagens folclóricos mais populares no Brasil, como o Saci Pererê, o Mboitatá e o Kurupyra, são, na verdade, parte de crenças religiosas de povos nativos, e por isso mesmo devem ser respeitados.

Quer dizer que se eu, que sou escritor, revelar ao mundo um personagem fantástico da religiosidade de meu povo, logo esse personagem já é folclore brasileiro? Negativo! Respeito é bom e todos gostam.

MITOLOGIA INDÍGENA

MAPINGUARY

O **Mapinguary** é uma horrenda entidade pertencente à mitologia de dois povos amazônicos, os **maraguás** e os **sateré-mawé**, etnias que habitam a região do baixo rio Amazonas, entre o Pará e o Amazonas.

Segundo a religião tradicional **Urutópiağ**, compartilhada pelos dois povos, o Mapinguary está na categoria dos seres, ou seja, entidades poderosas mas que, por serem mortais, podem ser derrotadas pelos seres humanos, a mesma categoria dos Jumas e Kurupyras. A diferença para os demais é que o Mapinguary é unicamente mau. Foi criado pelo deus do mal Anhãga (em maraguá) ou Yurupari (em sateré). Seu único objetivo é matar e devastar os inimigos de seu mestre, ou ainda proteger a natureza como parte de um dever de todas as entidades que habitam a floresta.

Trata-se de um monstro terrível, de aparência assustadora, com olhos lacrimejantes, corpo peludo e uma boca hedionda no meio do estômago, com a qual destroça corpos humanos, aqueles caçadores desavisados que saem pela floresta e não conhecem seus perigos.

Alguns dizem que o Mapinguary se transforma de um ser humano. Que é sempre aquele velho esquecido, alguém magoado com a vida e que ninguém ajuda. Com o tempo, sem que ninguém perceba, crescem-lhe as unhas, os pelos, e, em um dado momento, some. Só aparece dias depois, na forma dessa bizarra criatura, gritando nos centros da floresta, faminto de carne humana.

KURUPYRA

Kurupyra é um nome duplo. Vem da língua tupi, passando pelo **nheengatu** e pelo maraguá. Junção de duas palavras: kurú (sapo) e píra (pele), ou seja: pele de sapo, por ter uma pele rugosa e esverdeada (alguns dizem ser lisa). Mas o importante mesmo é saber que se trata de uma entidade que tem origem entre as dezenas de povos tupis dos quais se destacam o **tupinambá** e o **tupinikin**. Desde o início da colonização, os padres jesuítas já o mencionavam entre os espíritos mais populares desses povos.

Na Urutópiağ, a religião tradicional dos povos saterés e maraguás (da região do baixo Amazonas), o Kurupyra ou a Kurupyra (pois Kurupyras são macho e fêmea, podendo procriar) pertence à classe dos seres, o mesmo grupo dos Jumas e do Mapinguary, uma classe em que as entidades ou monstros são munidos de poderes, porém têm suas fraquezas e podem ser mortos por humanos. Os poderes do Kurupyra são: a capacidade de se esconder entre os troncos de árvores, a capacidade de fazer a pessoa se perder na mata e a de curar os animais feridos por caçadores.

Daí por que dizem ser a entidade protetora dos animais de caça, como afirma a religiosidade indígena. Suas características são, além de ter o corpo esverdeado, cabelos longos e ruivos cor de fogo, e dentes verdes. Também o fato de ter os pés virados para trás: essa é sua principal característica, e a que o faz esperto e malicioso. Sua altura é mediana e não parece nada com um menino, como muitos dizem. Aliás, de ingênuo ou infantil não tem nada. Adora comer carne humana e para isso induz o caçador a se perder na mata.

O Kurupyra é uma entidade muito temida entre os crentes e, entre esses, tem os seus devotos, as pessoas que lhe levam oferendas para dentro das roças de **manivas** e assim escapam de suas investidas, impedido-os de atacar seus animais ou raptar seus filhos.

Assim como as demais entidades da Urutópiağ, sua área de atuação é somente no meio natural, a floresta. E como cita a religião, essa entidade não é má nem boa. Apenas vive da forma de sua capacidade que **Monãg** lhe deu.

WIARA OU BOTO-HOMI

Originalmente **Wiara** parece uma pessoa comum, dependendo do lugar... Se for em uma aldeia, vai parecer com um jovem guerreiro. Se for em uma comunidade ribeirinha, parecerá com um jovem **caboco**. Para ele, viver e parecer humano não é difícil. Ou melhor, para ele nada é impossível. É um Espírito do Fundo, o mesmo que na **pajelança** denominam Companheiros do Fundo. Algo que requer uma explicação complexa e bem mais profunda, se não, ninguém entende.

Talvez seja por isso que o homem branco de cultura urbana e eurocêntrica não consegue entender. Alguns caem na ignorância de afirmar ser uma lenda de origem europeia..., mas só mesmo quem nunca conviveu entre ribeirinhos e não vivenciou sua presença no cotidiano indígena da Amazônia para falar bobagens do que não entende.

Eu, que sou formado na ciência do branco, sei muito bem do que comento. Isso daria um ponto-final no assunto se o Wiara fosse apenas uma ficção. Mas não é.

É realidade presente em todos os quatro cantos da mãe Amazônia. Espíritos do Fundo povoam nosso mundo real, e não é de hoje. Muito antes de o colono branco aqui chegar, o Wiara ou **Boto-Homi** já engravidava as mulheres. E não só virgens, qualquer mulher que esteja desprotegida de amuleto ou de uma bíblia segundo a fé cristã (ou evangélica). Ele se manifesta mesmo para os que que não acreditam nele.

Aparece para qualquer um que esteja ali na hora certa... no lugar certo.

E vamos mudar essa imagem fantasiosa que colocaram em suas cabeças, pois o boto é mau. E, como disse, se aparecer com roupa branca e chapéu de palha na cabeça, como se diz na crença da cidade, também é possível, pois ele se transfigura na cultura de cada lugar. Aquele boto... o boto que ao boiar parece conseguir ler sua mente. Tem um olhar penetrante. Sabe onde nadar e brinca à vontade no rio, principalmente quando há mulher dentro da água.

O boto de que falo é o chamado boto laranja ou boto cor-de-rosa. Nunca o boto tucuxi, que é a espécie menor.

Segundo a mitologia maraguá, pertence ao grupo de entidades poderosas do fundo do rio denominadas Encantados.

COBRA NORATO, UM MITO SATERÉ-MAWÉ

Nem é de Raul Bopp, nem do folclore publicado e difundido pelos livros comerciais... A história do **Cobra Norato** aconteceu, sim, e é real.

Sua mãe se chamava Maria Sancha e pertencia à etnia sateré. Era moradora do Lago do Máximo, na região de Parintins, no Amazonas. Ela mesma nasceu em 1890, segundo meus avós, e, quando adolescente, ao banhar-se no porto de casa, sentiu-se atraída por algo estranho no fundo do rio. Retornou para casa com o corpo todo liso e com muita dor de cabeça.

Naquela mesma noite ela sonhou com três crianças saindo de dentro dela. Foi o que aconteceu.

O tempo passou, sua barriga começou a crescer. Chamaram o curandeiro, que diagnosticou o problema: grávida de algo desconhecido. Poderia ser a própria Çukuywera – o espírito das cobras.

Após nove meses, ela deu à luz. A parteira quase desmaiou ao ver duas cobras saindo da menina. Sem hesitar as jogaram no rio para se criarem. Passados alguns minutos, um terceiro filho veio à luz, e era gente.

A mãe, já recomposta, começou a alimentar os filhos cobras ao mesmo tempo que dava de mamar ao filho menino.

Tinha vezes que dava de mamar para os três sem que com isso sofresse alguma punição da comunidade.

Muitos anos se passaram. As duas cobras, que receberam os nomes de Norato e Maria, ficaram muito grandes. Com tamanhos gigantescos, não havia como continuarem ali: então partiram.

Norato era o macho. Um ser bondoso que, quando passava das seis horas da tarde, se transformava em gente: um alegre rapaz cheio de amigos, que adorava frequentar os bares e os cabarés, por isso viajava bastante entre uma cidade e outra da região do baixo Amazonas.

Assim se inicia a incrível história de Cobra Norato e de sua irmã Maria Kaninana, que dele não tinha nada. Revoltada por sua aparência, era má e adorava afogar as pessoas.

Dizem que, de tanto Maria matar pessoas, Norato não viu outra saída além de tirar-lhe a vida. O lugar onde Norato enterrou Kaninana após matá-la ainda existe. É justamente à beira do Lago do Aninga, próximo de Parintins.

Ele mesmo teve um final feliz, segundo os relatos da época: quando passou a morar nas proximidades da cidade de Óbidos, lá se desencantou.

Desencantado, pôde retornar à casa de sua velha mãe, onde foi recebido com festas pela comunidade e pelos parentes.

E pra finalizar... você sabe quem é o terceiro irmão? O que era gente?!

Nem imagina? Também não vou dizer! Mas termino aqui dizendo que, segundo minha avó e as finadas parteiras do lugar, sou sobrinho das duas cobras grandes. Assim é, seguindo a mitologia dos saterés e maraguás contemplada na religiosidade Urutópiağ, onde a cobra tem lugar importante na cultura de minha gente, lembrando que ela mesma foi transformada neste mundo em que vivemos quando era a terrível **Mói Wató Mağkaru Sesé**.

ANHANGA

O certo é **Anhanga** (sem acento final), palavra tupi que significa "Espírito do Campo". Em maraguá recebe novos conceitos, se escreve Anhãga, é o deus opositor a Monãg.

Na língua sateré, do baixo Amazonas, passou a ser chamado de Ahiağ, que também recebe uma conotação maligna.

Mas no tupi e entre os povos tupinikins e tupinambás, originalmente, é uma entidade benfazeja. Um espírito que cuida da floresta e protege os animais de caça. Assim perceberam os colonizadores e padres jesuítas no início da invasão.

Anhanga (não anhangá) vive no campo, próximo às florestas, cuidando dos animais indefesos contra os caçadores. Poderoso. Pode se transformar em qualquer um dos animais que cuida e que representa. Por isso, não se sabe ao certo se o veado, que está olhando o caçador, é veado mesmo ou é Anhanga.

O caçador atira uma, duas, três vezes, mas o veado não sai do lugar.

Não foge, pelo contrário, se aproxima cada vez mais do caçador. Então começa a perseguição: desconfiado de que seja uma aparição, o caçador procura fugir, mas, para todo lugar que corre, o veado está.

Algumas vezes caçadores já foram encontrados mortos. Outros conseguem chegar em casa, mas ficam loucos. Os caçadores mais inocentes no veredicto de Anhanga saem ilesos, porém não poderão mais caçar sem que peçam perdão e licença ao espírito do campo.

Aliás, na maioria das vezes, alguns caçadores se viram atacados por um veado branco, daí por que dizem ser essa a principal forma de Anhanga.

Mas o certo é que ele se transforma em qualquer animal caçado para punir quem está desobedecendo a lei da selva, que é matar somente o que se pode comer, bem como quem mata animal novo ou seu filhote.

O Anhãga da antiga religião Urutópiaǧ dos maraguás é uma outra entidade, bem diferente da dos tupinambás. É o próprio deus do mal, opositor do deus Monãg e de seu filho **Wasiry**, e que em nada tem a ver com estes. A entidade que se assemelha ao Anhanga tupinambá, na religião Urutópiaǧ, se chama **Waurá anhãga** ou Bicho-**visajento**.

O Ahiaǧ dos sateré também é bem diferente. São muitos, e são criaturas parecidas com **gobles**. Andam em grupos e vivem criando um jeito de comer pessoas que se aproximam de seu caminho mágico ou que estão sozinhas na floresta.

KA'APORA

O nome certo e o que tem sentido espiritual é Ka'aporãga, que significa "Espírito que mora na mata", nas línguas tupi, maraguá e nheengatu. Foi deturpado, e hoje sua corruptela Caipora é a mais usada.

No original, é uma das entidades mais temidas entre os indígenas de origem tupi. A que é ligada à floresta e sua manutenção. E, assim como o Kurupyra, é conhecida dos brancos desde o início da colonização do Brasil.

Na antiga religião Urutópiağ dos maraguás e na pajelança amazônica, é uma das entidades mais poderosas, pois é um dos seis espíritos protetores da natureza, classe denominada ãgawaçu. Que na hierarquia nativa só está abaixo dos espíritos criadores – a classe dos deuses.

Ka'apora é uma entidade feminina e que protege a floresta. Todas as entidades naturais seguem seus preceitos, pois estão abaixo de seus cuidados. Também é a única que não tem inimigos naturais, a não ser os predadores humanos. Contra esses ela luta e incentiva todos a lutarem para que a natureza sobreviva.

Folcloristas brancos desinformados costumam imaginá-la montada num **caititu** e também confundi-la com o Kurupyra, entidade que não passa de um ser mortal segundo a pajelança, o que tem trazido muita desinformação e alimentado ignorância quanto à verdadeira natureza da entidade. A Ka'apora, pelo contrário, é um

Espírito superior e, portanto, imortal, ficando só abaixo dos deuses. Sua aparência é de uma mulher linda cuja pele esverdeada faz com que se integre à natureza. Às vezes se apresenta em forma de borboletas ou de manadas de animais. Dizem que todo homem que olhar diretamente para ela se apaixona a ponto de enlouquecer, e então fica vagando pela floresta até que uma outra mulher apareça e quebre o encanto.

MBOITATÁ OU MBAETATÁ

O nome em português é Fogo-fátuo, em sateré é Ariá Wató e em maraguá é Ária-w-açu. É uma entidade cujo nome em tupi antigo significa "Coisa de fogo". De mbae: coisa; e tatá: fogo.

Não se sabe ao certo se há um povo específico na origem desse mito, mas o certo é que o termo tupi, **Mboitatá**, nos dá uma luz de sua possível origem tupi-guarani, ainda que essa entidade se apresente de norte a sul do país, e faça parte não somente das mitologias de povos indígenas de troncos diferentes, mas também da cultura atual dos brasileiros, principalmente os **amazônidas** que sempre o identificaram com o Fogo-fátuo. É uma criatura horrenda feita de fogo e com a aparência de uma cobra (para a Região Sul do Brasil) ou de um morcego (para a Região Norte).

O nome Mboitatá já foi interpretado (erroneamente?) como Cobra de fogo, mas pelos termos parecidos e talvez pela sua aparência: mboi, em guarani, que é cobra; e mbae, em tupi, que é coisa. No entanto, como o mito apareceu não somente no Sul, mas em todo o Brasil, desde o início da colonização, em vários povos tupis, acredita-se que o termo original é tupi e que tem uma grande possibilidade de ter sido transformado na passagem da história para o idioma guarani.

Na Amazônia, onde ganha o nome de Fogo-fátuo entre os ribeirinhos, se apresenta como uma coisa de fogo que flutua no ar ou também pinga como vela, correndo sobre a água, e ataca pessoas que estejam próximas, com a intenção de matar.

Na Urutópiağ, a religião tradicional dos saterés e maraguás do Amazonas, o Mboitatá é tido como uma entidade pertencente ao grupo das **visajes**, ou seja, das assombrações, e sua função é somente assustar e fazer o mal. Corre como fogo veloz pelos campos e lugares encharcados, e ataca tanto gente como animais domésticos.

No Sul do Brasil, onde ganhou uma outra versão, é tido como uma serpente de fogo que, segundo alguns, protege os campos. O importante é salientar que essa versão sulista também é indígena, ou melhor, guarani, pois a mesma já existia desde os tempos imemoriais.

Agora... se é ficção, lenda ou não, a religiosidade indígena, seja de que povo for, tem que ser respeitada e valorizada.

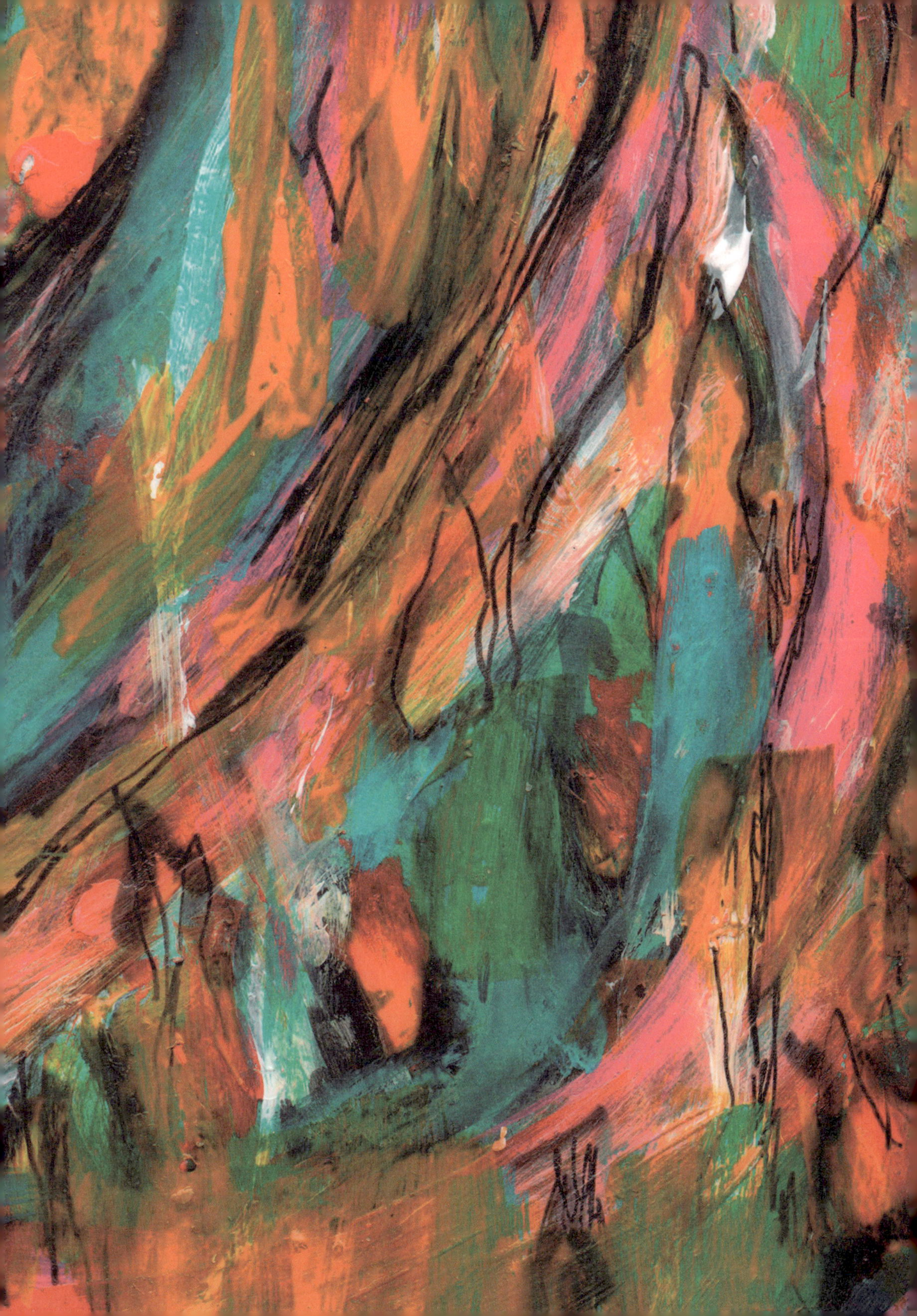

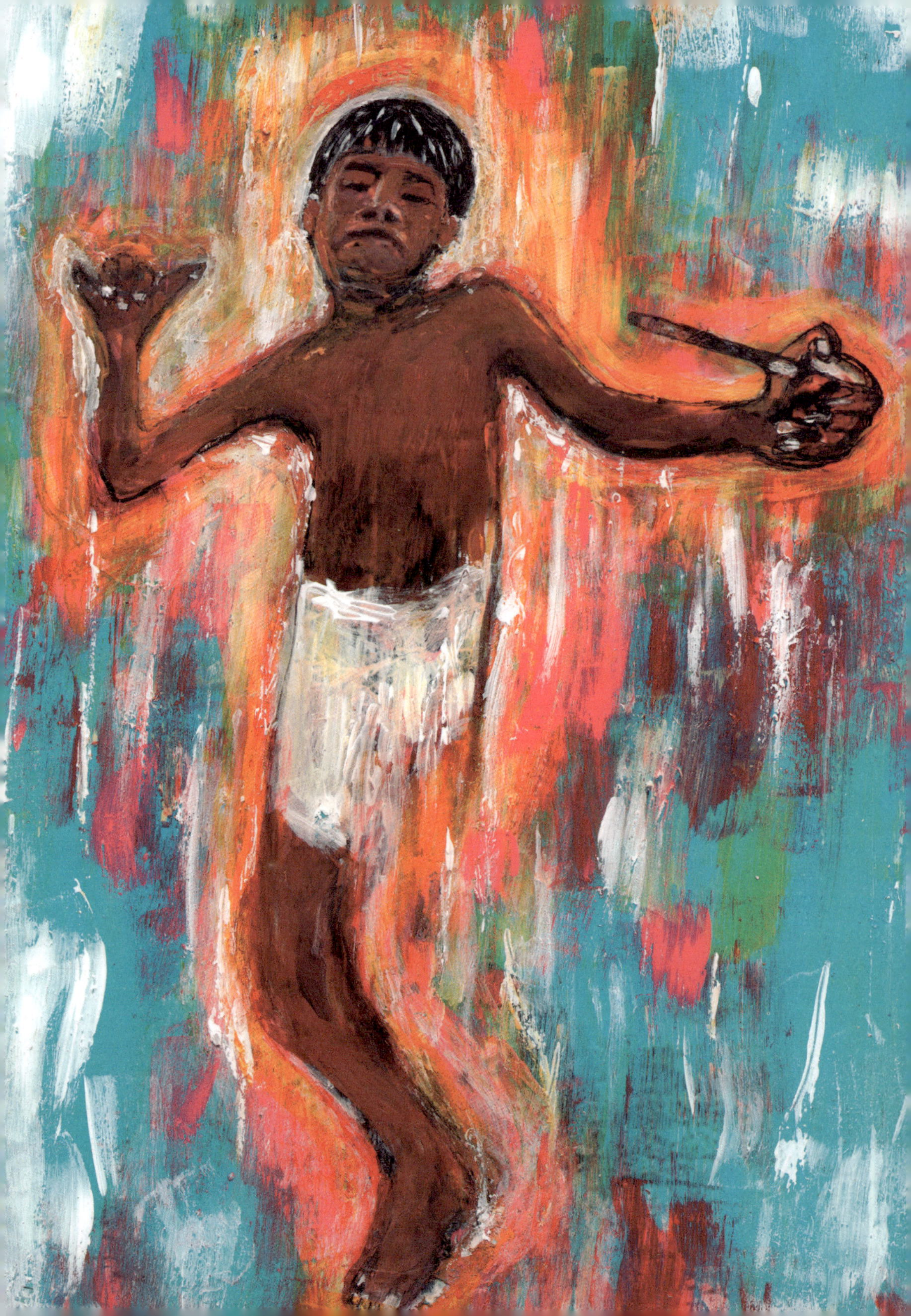

SASY PERERÊ, JAXY JATERE E SOSY SOPRÉ

Acreditem, não existe só um "saci". Não quando falamos de culturas ancestrais.

O **Sasy Pererê** é uma entidade própria dos povos tupis do interior e do litoral paulista. Ele não pode ser confundido com o **Jaxy Jatere**, dos guaranis, nem tão pouco com o **Sosy Sopré**, dos kãingangs. Aliás, os três, que têm origem indígena, são entidades de três povos. Por tanto, ainda que tenham a mesma origem, são entidades diferentes segundo cada uma destas mitologias.

O Jaxy Jatere é uma entidade tradicional do povo guarani da Região Sudeste e Sul do Brasil. Originalmente, é tido como um anti-herói ou um semideus capaz de fazer todo tipo de trapaças para se dar bem contra os humanos. Uma espécie de entidade brincalhona que povoa a imaginação da nação guarani desde os tempos mais antigos. Ele costuma fumar cachimbo seguindo a tradição guarani de fumar **petyguá**.

O Sosy Sopré é o mais diferente dos três. Na mitologia kãingang ganhou a roupagem da fúria e do castigo. Uma entidade maligna que vive atrás de quem desobedece aos pais. Não tem corpo, mas assobia e mata. Dentro das noites, em lugares ermos ou cheio de gente, ele se manifesta com um piado diferente de tudo que alguém já tenha ouvido.

Já o Sasy Pererê, aparentemente, pelo significado original do nome, é o mais antigo dos três personagens e, por tanto, pode-se dizer que tenha sido o primeiro. Ele pertence aos povos tupis, mais precisamente os tupinikins e tupinambás. Em tupi antigo, o nome Sasy significa "dor", e Pererê significa "aos pulos". Em português seria, mais ou menos: dor que salta ou pula. Trata-se de uma entidade não muita amistosa, pois, para exercer suas brincadeiras, ela é capaz de matar.

Sua aparência original é de um jovem indígena com apenas uma perna. Passa rápido, em meio a um redemoinho, e se esconde atrás das árvores para dar o bote com suas brincadeiras macabras.

A corruptela do mito do Sasy Pererê dos povos tupis, entre os brancos, se deu ainda no antigo sudeste brasileiro, mais precisamente em São Paulo durante o ciclo do café. Foi popularizado, e até ridicularizado do ponto de vista religioso, ganhando assim uma nova roupagem infantil pelo escritor paulista Monteiro Lobato. Desde então, tem sido uma referência no chamado folclore brasileiro.

Uma reinvenção, ou quem sabe, numa interpretação mais crítica, uma deformação. Agora... já que não dá para ignorar o saci dos brasileiros, mesmo sendo corruptela dos demais, imagine assim: hoje existem quatro formas de saci – um é reinvenção do chamado folclore brasileiro, os outros três pertencem à tradição religiosa dos povos indígenas. Mas penso o seguinte: temos que respeitar cada um que se preze. Dessa feita, as três formas indígenas já merecem meu respeito; afinal, cada povo cuida e teme sua entidade.

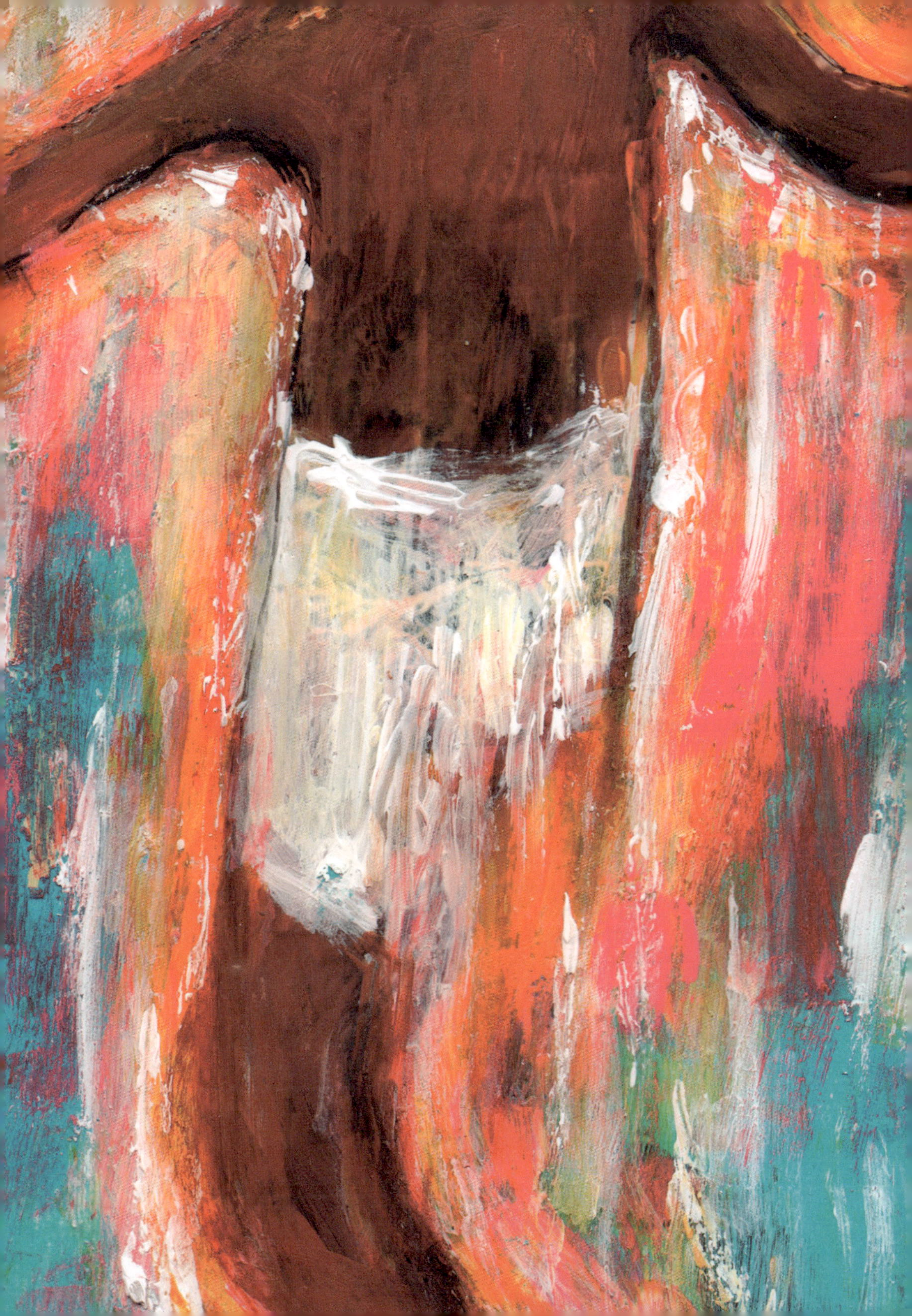

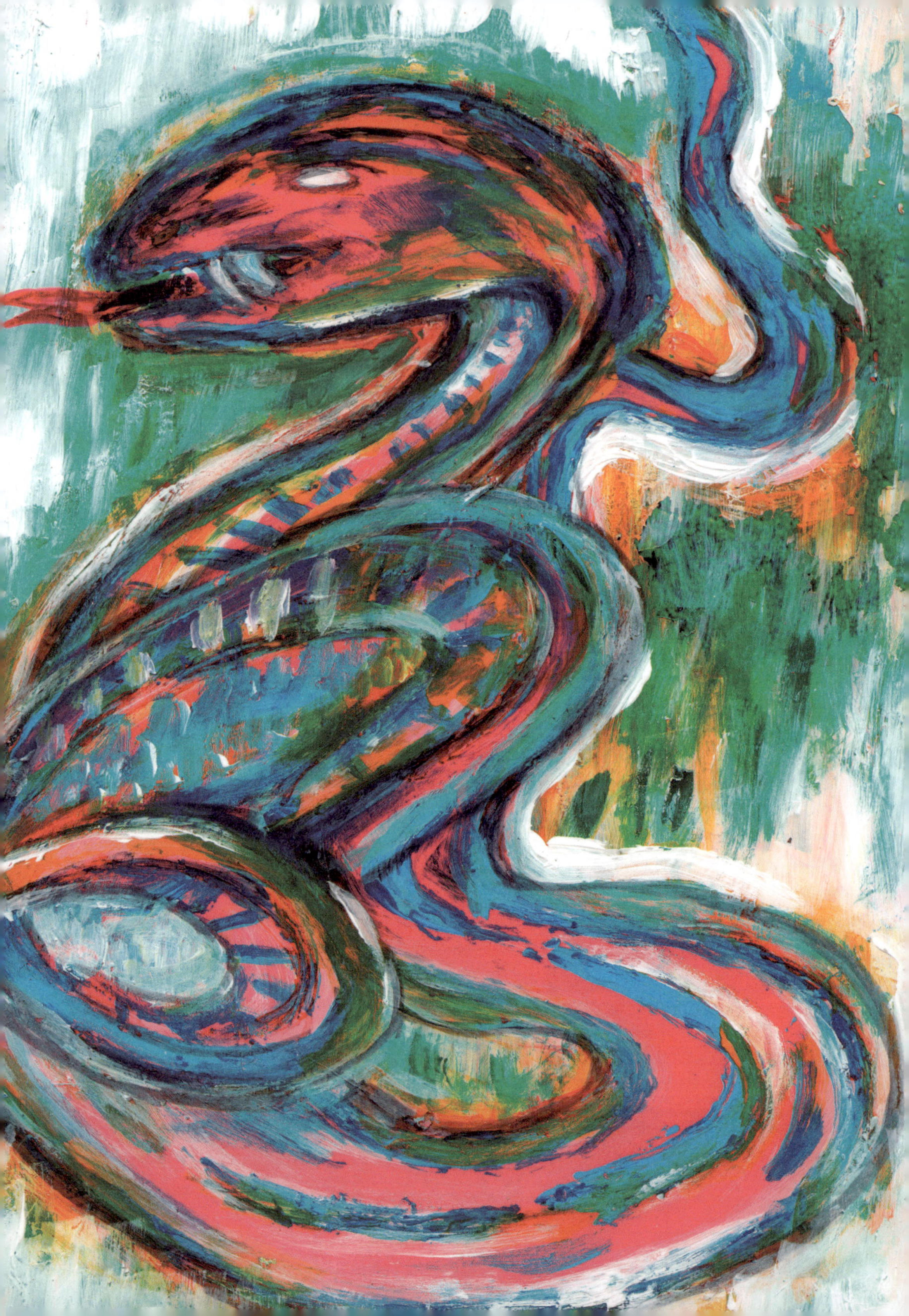

BOIAÇU OU COBRA GRANDE

Boiaçu, ou simplesmente **Cobra Grande**, também chamada de "lenda da cobra grande da Amazônia", é muito popular nesta região.

Tem sua origem na mitologia dos povos tupis do rio Amazonas, como os yurimaguas e os omaguas. Esse monstro, que hoje é considerado por alguns como pertencente ao folclore brasileiro, não pode ser confundido com outras entidades e lendas originadas na mesma região, como a **Boiuna** (cobra preta) e Cobra Norato (transformação e encantamento), pois são entidades totalmente diferentes.

Também não aconselho a vê-lo como fruto do imaginário do homem amazônida, pois o que você resolve chamar de lenda, para muitos, principalmente o amazônida ribeirinho (caboco ou indígena), é encarado como realidade e motivo de temor ao viajar pelos rios profundos da região. Assim como você não gostaria de que outros chamassem sua religiosidade de lenda ou fruto de sua imaginação, também ninguém gostaria de ter sua religião posta em xeque por descrentes.

Essa entidade é gigantesca e seu hábitat está nas profundezas dos rios ou dos lagos. Seus olhos são luminosos e aterrorizam as pessoas que a encontram.

Hoje, após ganhar adesão da população branca e caboca, tornou-se uma das "lendas" mais conhecidas entre os que vivem próximos dos rios.

Acredita-se que a Cobra Grande foi responsável por criar parte dos rios. Isso porque, ao rastejar, ela deixava sulcos gigantescos na terra, que, com o tempo, se transformaram em rios caudalosos, como o Amazonas.

A verdade é que na Amazônia existem muitas cobras imensas, que medem até 10 metros de comprimento e chegam a pesar mais de 200 kg. Destaca-se a cobra sucuriju, também chamada de anaconda. E a explicação do ribeirinho para sua crença é que há monstruosidade da natureza em tudo, inclusive no tamanho das cobras. E diante de tantos fatos e tantas aparições, não há por que duvidar.

Dependendo da localidade (Amazônia, Pará, Tocantins, Roraima etc.), existem diversas versões que os moradores das cidades chamam de lenda, as quais foram passadas de geração em geração.

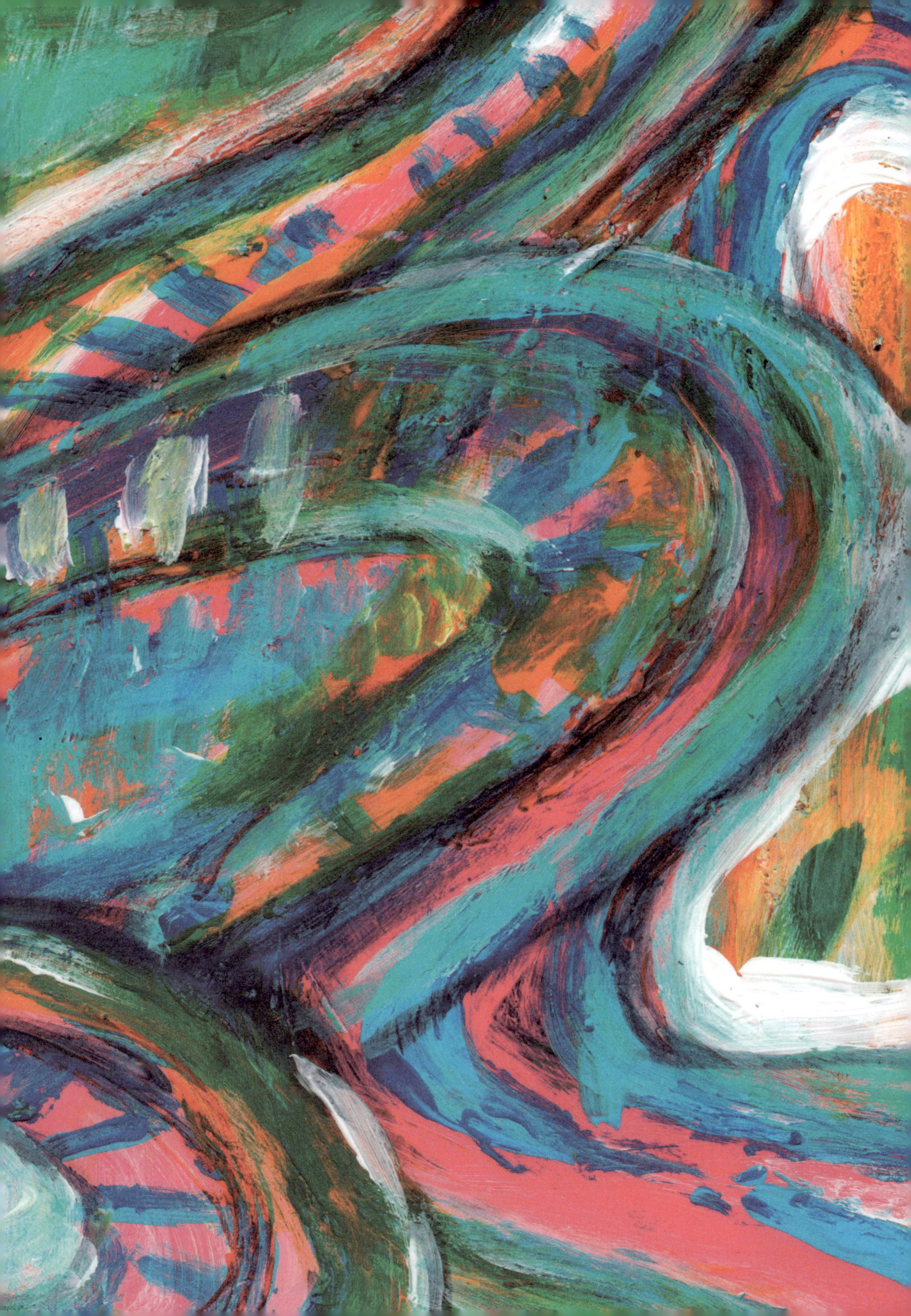

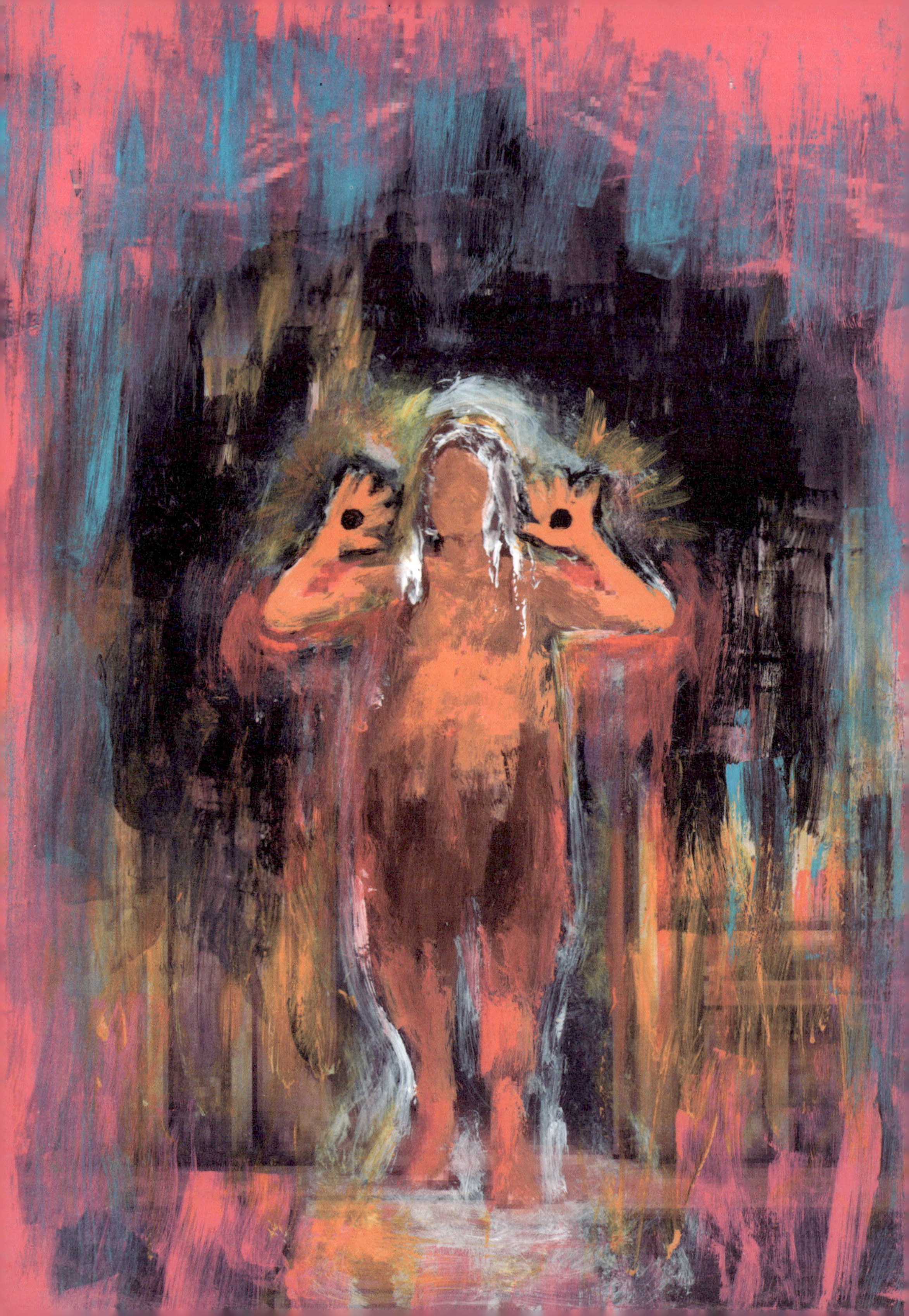

PÓKUARA, A PISADEIRA

Alguns dizem que é lenda urbana, por isso recebeu dos brancos o nome de Pisadeira. Outros... que essa história se originou na floresta, entre os povos indígenas. Urbana ou não, trata-se da paralisia do sono. O momento em que a pessoa está dormindo e subitamente sente vontade de acordar, mas não pode. O pior dos pesadelos.

Na mitologia do povo indígena maraguá, do Amazonas, dentro da religião Urutópiaḡ, pertence ao grupo das visajes (**mira'ãga**). Um fantasma altamente nocivo, maligno, que aparece no sono das pessoas.

A **Pókuara** vai mais longe. Não é apenas a paralisia, é o mal em pessoa. É uma das três formas de manifestação de Anhãga, o deus do mal. Segundo a Urutópiaḡ, é uma mulher que tem as mãos furadas, daí o nome Mão esburacada, que escolhe um canto de casa antiga para se manifestar para as pessoas enquanto dormem.

Ela aparece durante o sono e fala: "ĩdé ki rekeri uka pena upé, si ãgatu, katú, ma si ãgamarã remanũ kurí." Em seguida põe a mão em cima do nariz do dormente. Se o nariz passar do buraco ele se salva, mas se não passar, morre asfixiado aos gritos.

Eu mesmo já estive diante desse "mito". E já presenciei, junto com meus companheiros de viagem, uma das mais incríveis manifestações desse ser em plena Floresta Amazônica, logo após ouvir de um velho de 90 anos sobre o lugar em que iríamos passar a noite.

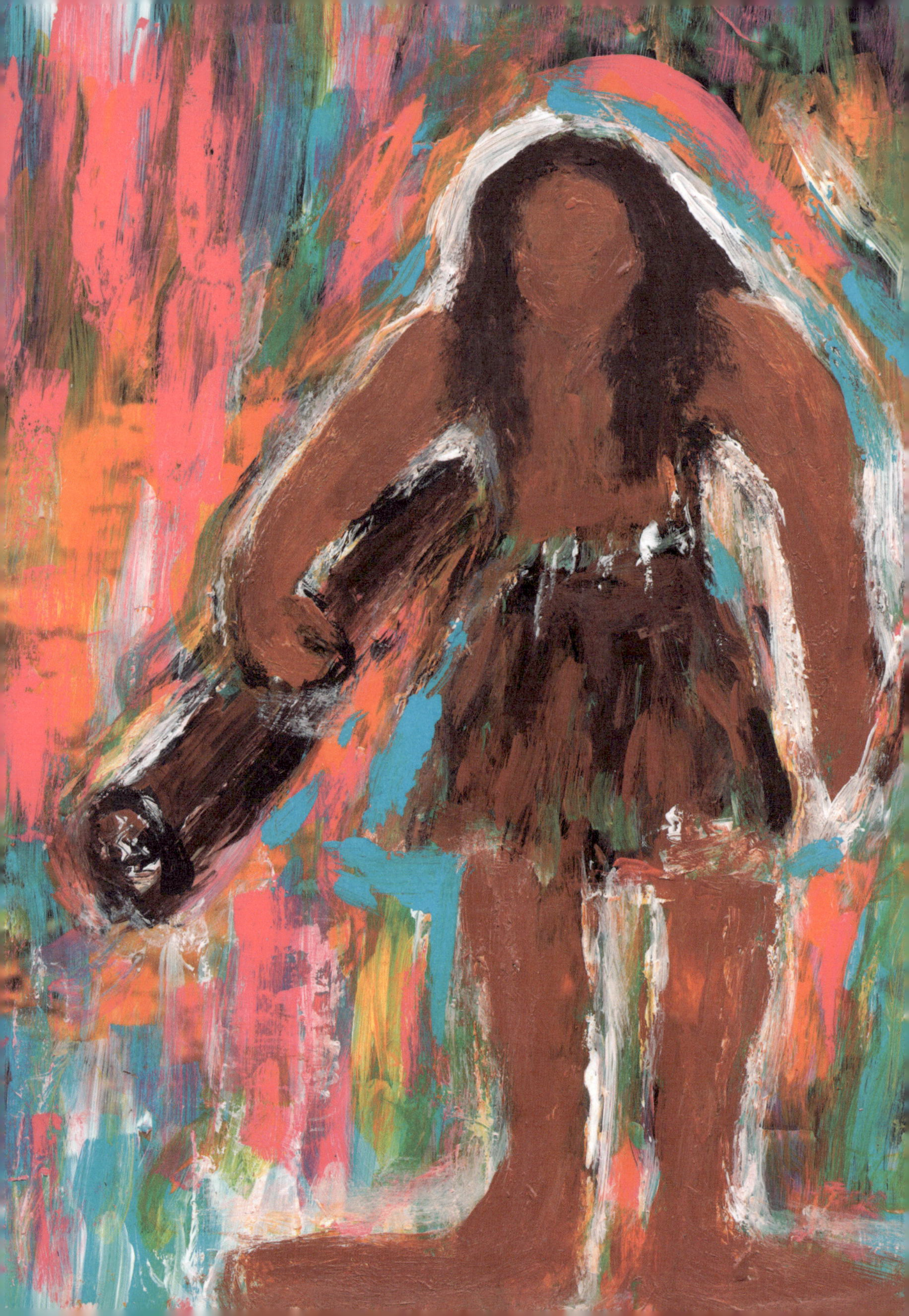

JUMA, O GIGANTE CARNICEIRO DA CULTURA MARAGUÁ

Seu nome em maraguá significa "homem taludo", por ser grande (em torno de três metros de altura) e ter uma força física incomum. Tem cabelos compridos e aparência de um homem, e, assim como o Kurupyra, é um ser que vive em casais (macho e fêmea), podendo procriar.

Habita os centrões da Floresta Amazônica, em lugares ermos. E uma característica em comum com o Mapinguary é que adora comer carne humana.

Seus pés são uma outra característica marcante, pois são descomunais. Além disso, usam um poderoso cacete com o qual costumam matar caçadores e desavisados que adentram o centrão da mata.

O **Juma** pertence à cultura do povo maraguá e dos antigos povos que habitavam a ilha **Tupinambarana**, entre eles o **çapupé**, os **ãdirazes** e os parintins.

Em 2004, em Barreirinha, foram encontrados por caçadores não somente pegadas, mas restos de cabelos de um juma. Quando este foi surpreendido por um tiro de um morador do rio Andirá, os cabelos compridos foram levados à delegacia da cidade como prova.

São inúmeros os relatos de encontro de pessoas com esse ser, a maioria terminando em morte de um ou de outro. Meu pai e meus parentes do povo maraguá são os que mais contam histórias de encontros.

A região do baixo Amazonas é onde o mito do juma ficou conhecido. Os ribeirinhos, que chegaram após a colonização e tiveram contato com a cultura do povo maraguá, o temem tanto quanto temem o Mapinguary.

    Valorizar a mitologia, a religiosidade e a cultura indígena é bom. O problema é tão somente a apropriação desse nosso patrimônio. Dar o devido respeito, sem preconceito e sem estereótipos, aprendendo a essência de fato: poderemos até divulgá-los, mas sem se apropriar. O direito autoral coletivo existe e é necessário.

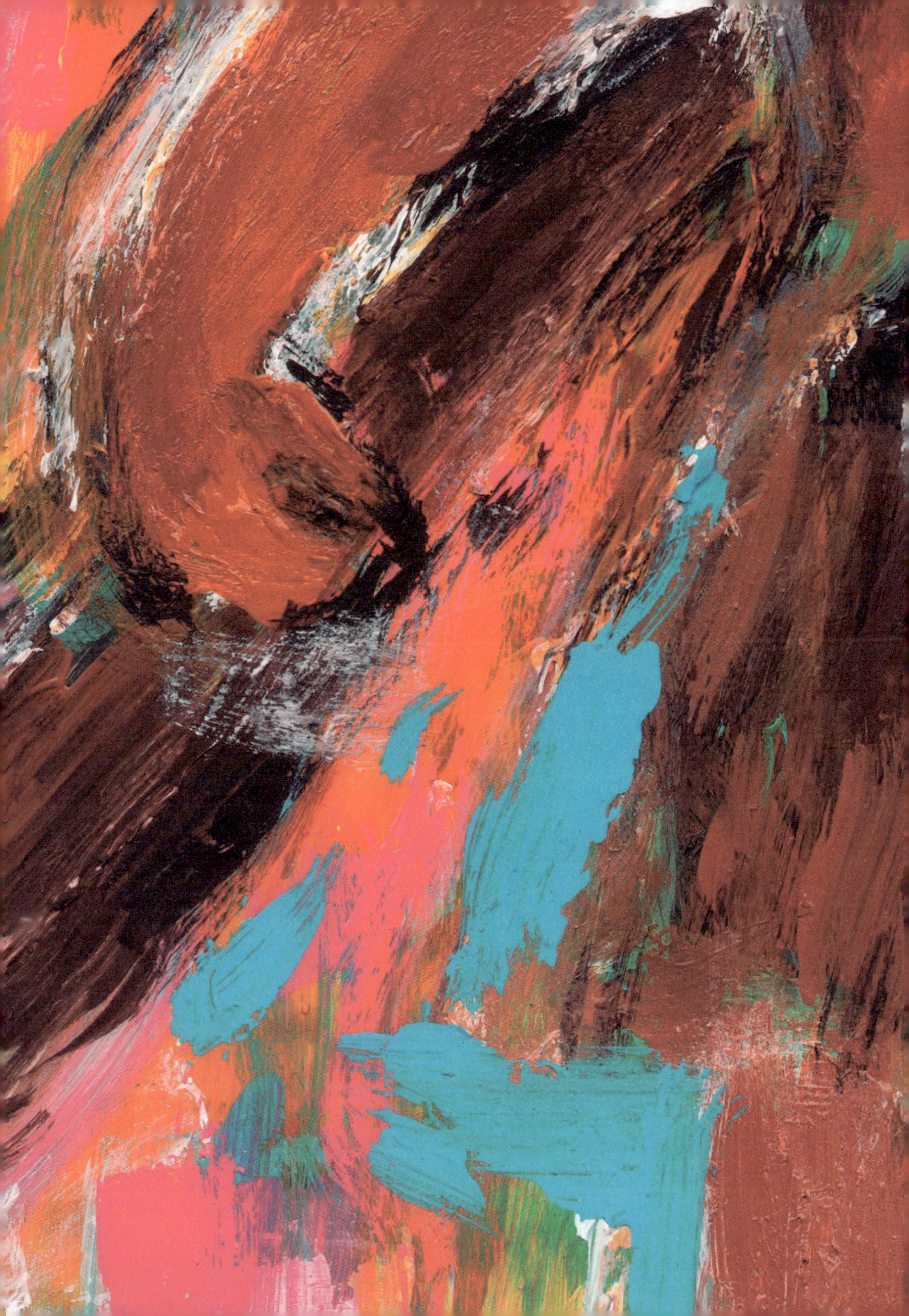

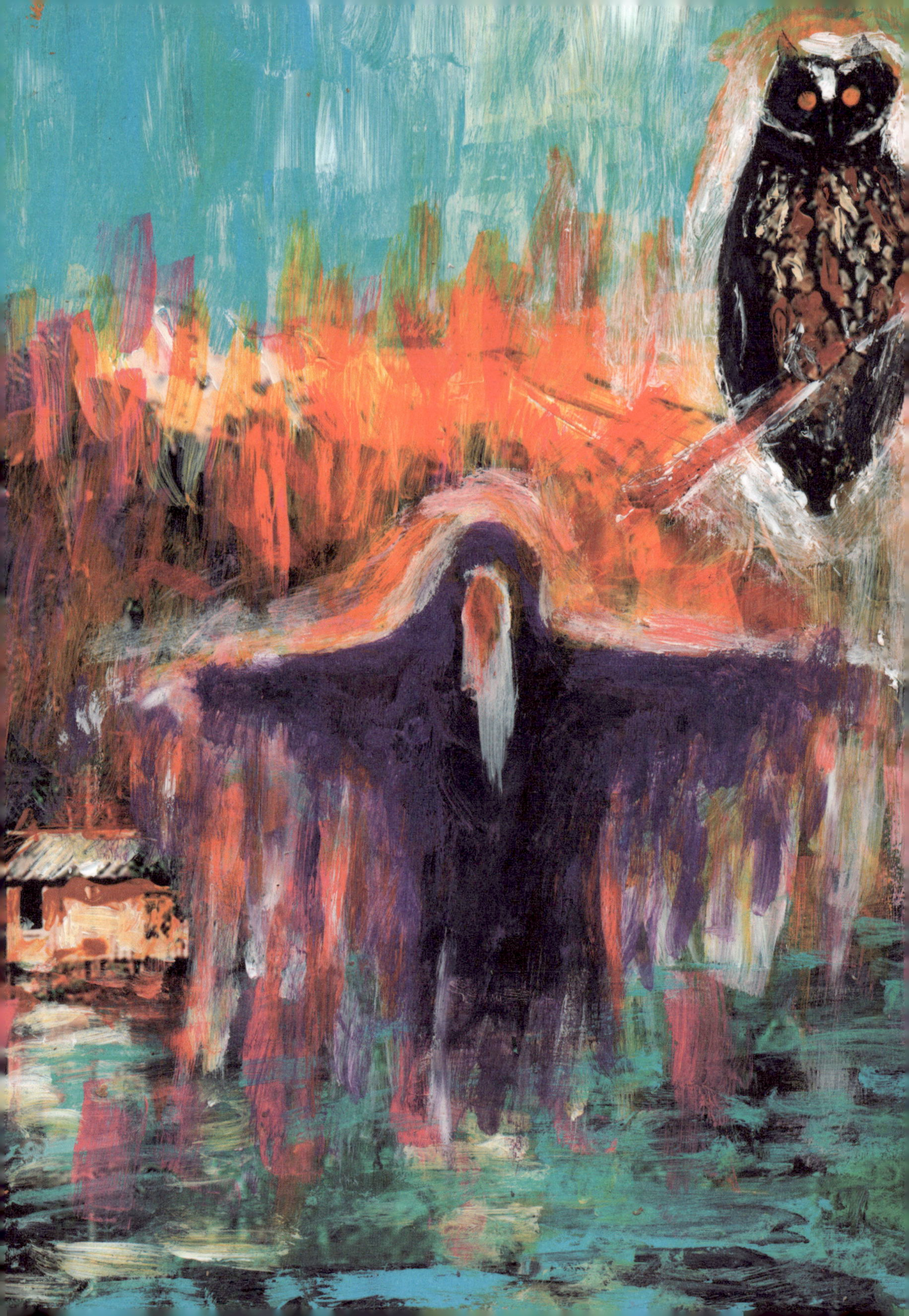

MATĨ TÁPE'WERA

O povo ribeirinho, desconhecedor do sentido do seu nome, o chama de Matinta Pereira. Alguns outros chamam Matinta Perê, sem saber o real significado da palavra.

Já esclarecendo: é um nome da língua geral da Amazônia e que significa "o fantasma da casa abandonada". De matĩ – fantasma, tapéra – cabana, e wera – o passado. Ou seja, algo que habita os lugares ermos e abandonados. Imaginem aquela cabana solitária, antiga e desabitada no meio da floresta. Esse é o verdadeiro significado do nome da temida **Matĩ Tápe'wera**.

É demônio dos mais hostis, crescido no seio da cultura tupinambá do Pará, de onde se alastrou por toda a Amazônia.

Segundo a religião antiga Urutópiağ, a religião dos pajés e dos espíritos da selva, ela (mulher – entidade feminina) é uma das três manifestações de Anhãga, o deus do mal, e que por sua vez também tem três manifestações ou aparências: a de uma mulher velha e rancorosa; a de um menino maltrapilho que não para em lugar nenhum, vive sempre de aldeia em aldeia, de povoado em povoado; e a de um pássaro negro e lúgubre que canta e leva morte por onde sobrevoa.

Matĩ Tápe'wera não pode ser confundido com o Matĩ, a outra manifestação do Anhãga, entidade maligna. Também segundo a Urutópiaǧ, pertence à ordem das visajes (no linguajar **caboquês**) ou wãkãkã (na língua geral da Amazônia), aquelas entidades que têm somente a função de matar e assustar, e que pertencem ao grupo dos demônios aliados de Anhãga.

Sua origem, segundo contam os maraguás, se deu em um dado momento da invasão de europeus na Amazônia, durante a tentativa de aprisionamento de um povoado inteiro na região do rio Tapajós, quando uma velha, que morava sozinha com seu neto, traiu seu povo em troca de comida (pois o povo estava acuado em esconderijos e não podia plantar). Os brancos desembarcaram, chacinaram todo aquele povo e, durante a gritaria, choro e mortes, o pajé, ao descobrir a traidora, lançou uma pesada maldição sobre ela, transformando-a em três seres malignos, nem tanto mortos, mas também nem tanto vivos. E daquele dia em diante, como castigo, viveriam matando e trazendo desgraça para todos.

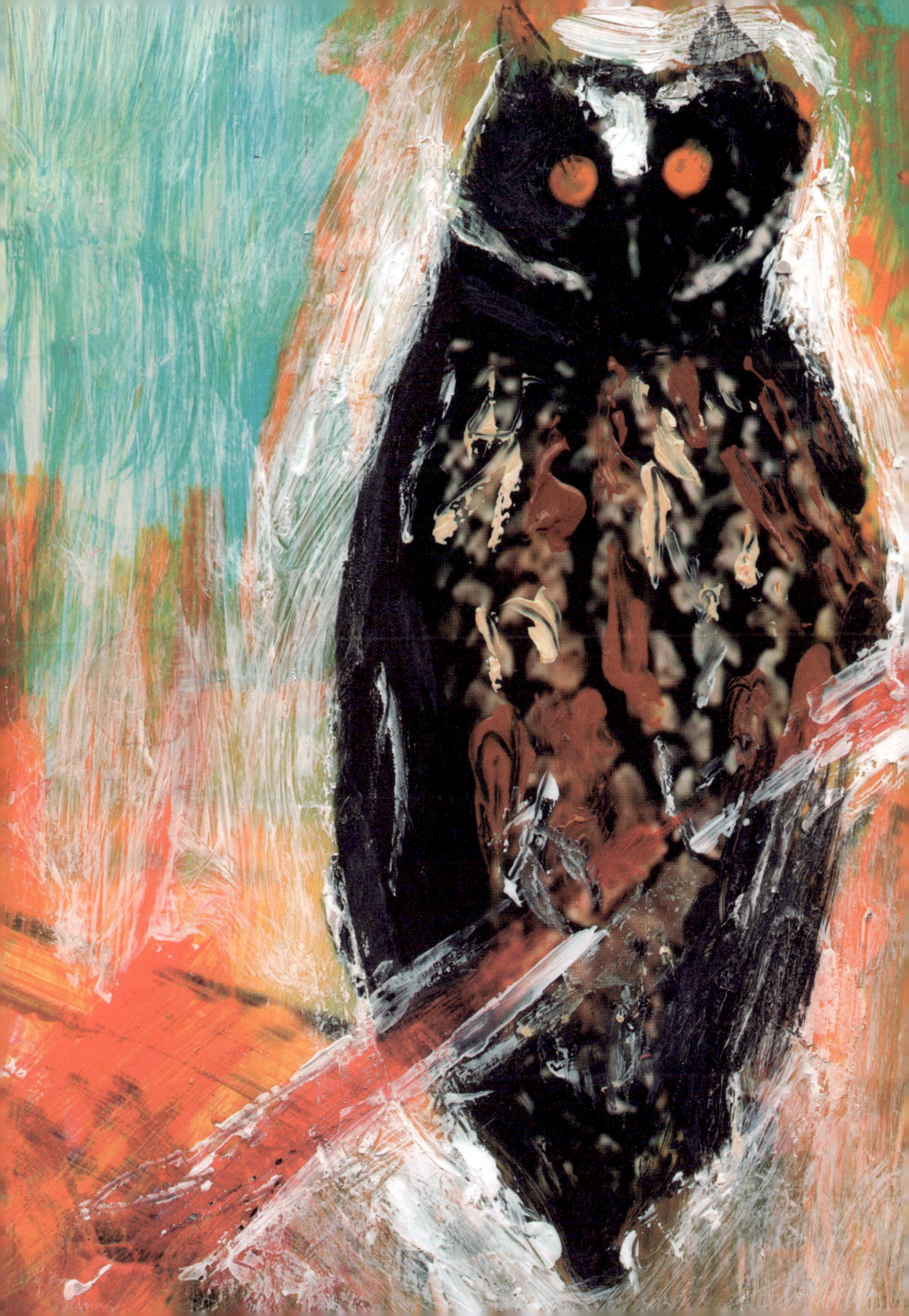

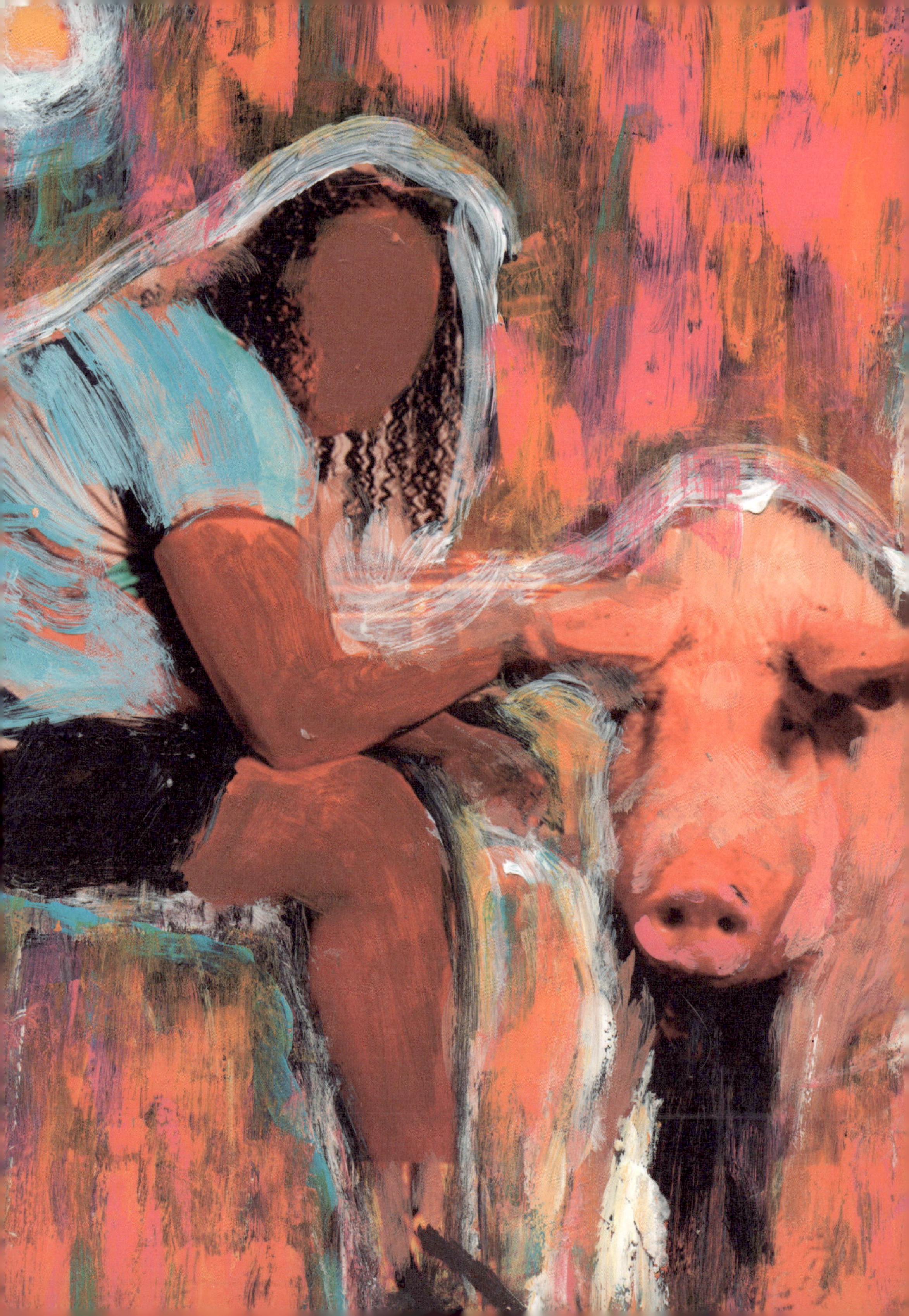

KORÉ KÃKÃNEMA, A PORCA-VISAJENTA

Na crença da pajelança, na Urutópiaǧ, a religião dos pajés e dos espíritos da selva, e em qualquer crença nativa, algumas pessoas se sentem atraídas pelo oculto, então decidem conhecê-lo melhor. É aí que surge o "contrato" com o diabo, como chamam os rezadores. Nesse pacto, a pessoa doa sua alma para o maligno e, em troca, passa a ter o poder de se "engerar" (palavra do linguajar caboquês), ou seja, se transformar no animal que ele contrata. Daí as centenas de histórias de pessoas que se "engeram" em porco, cavalo, boto, cobra, paca... Isso está ligado à história do Matĩ, como explica meu pai: a pessoa que ganha poderes através do pacto com o maligno e passa a transformar-se em um passarinho agourento que é o terror do interior amazônico, muito mais assustador que a própria Matĩ tápe'wera.

Assim é com a **Koré Kãkãnema**, também chamada pelo interiorzão amazônico de Porca-visajenta e de Vira-porco no restante do Brasil.

A palavra Koré Kãkãnema (koré – porco e kãkãnema – fantasmagórico) vem da língua geral da Amazônia, muito comum em toda a região há séculos. O nome Porca-visajenta é mais atual e representa a caboquização da cultura indígena, desde que a língua nheengatu foi proibida e perseguida pelos governantes, em favor do português.

Quanto à sua origem, não tem etnia única, uma vez que a crença do "contrato entre pessoas e o espírito mau" é universal e aborda muitas religiões indígenas; inclusive a tupinambá, o povo tupi mais influente do baixo Amazonas, região que, por sua influência, moldou a cara de toda a Amazônia.

Dessa feita, a crença na Koré Kãkãnema em si deixou de ser de aldeia para ser também crença de pequenas cidades e vilarejos de população mestiça.

Eu, que tenho contato frequente com muitos pajés, benzedores e rezadores na Amazônia, indígenas ou ribeirinhos, justamente por ser pesquisador das culturas nativas, tenho em minhas coleções histórias centenárias dessa entidade.

Chega, à noite, na rua deserta e escura... uma pessoa desavisada... uma mulher.

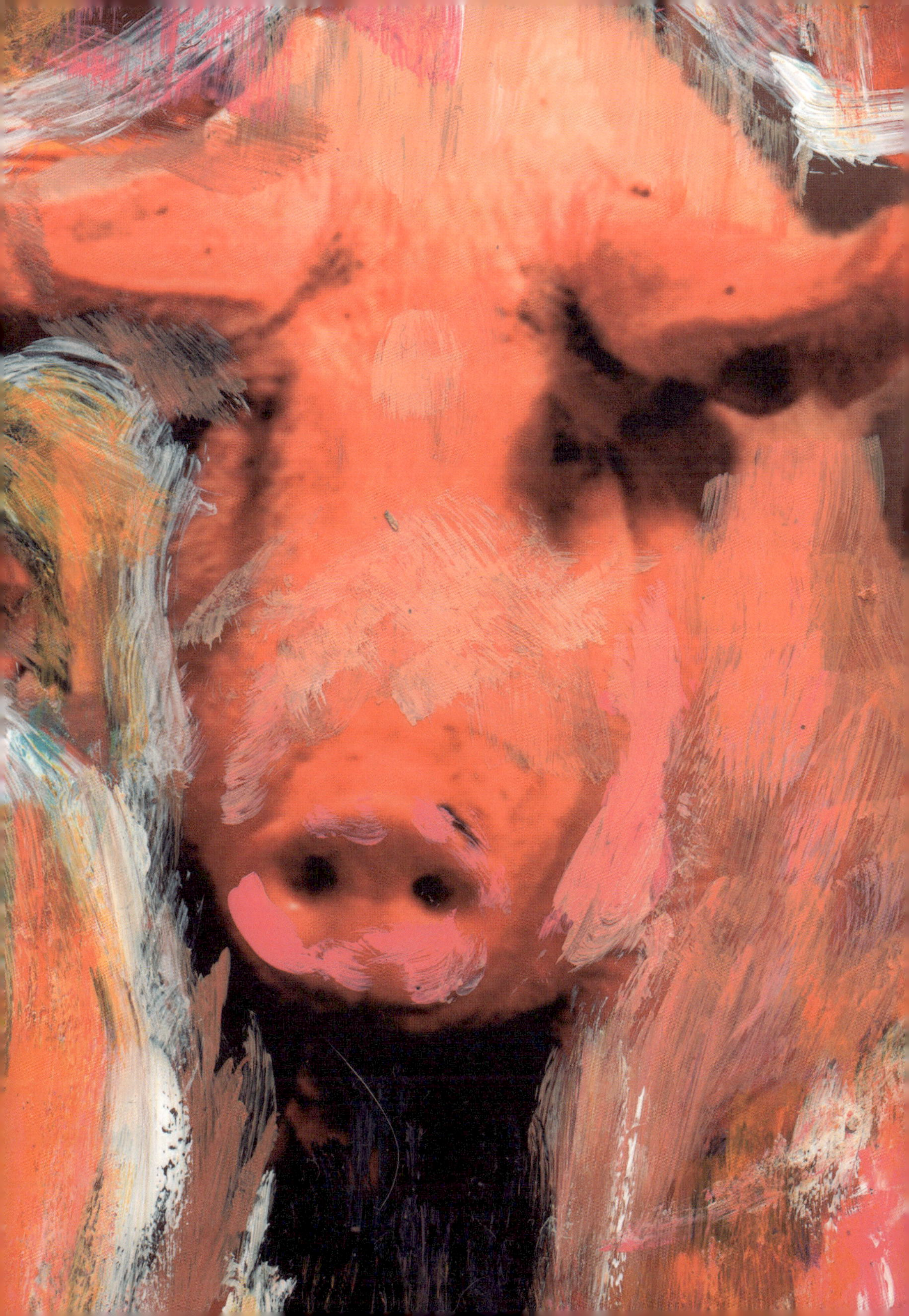

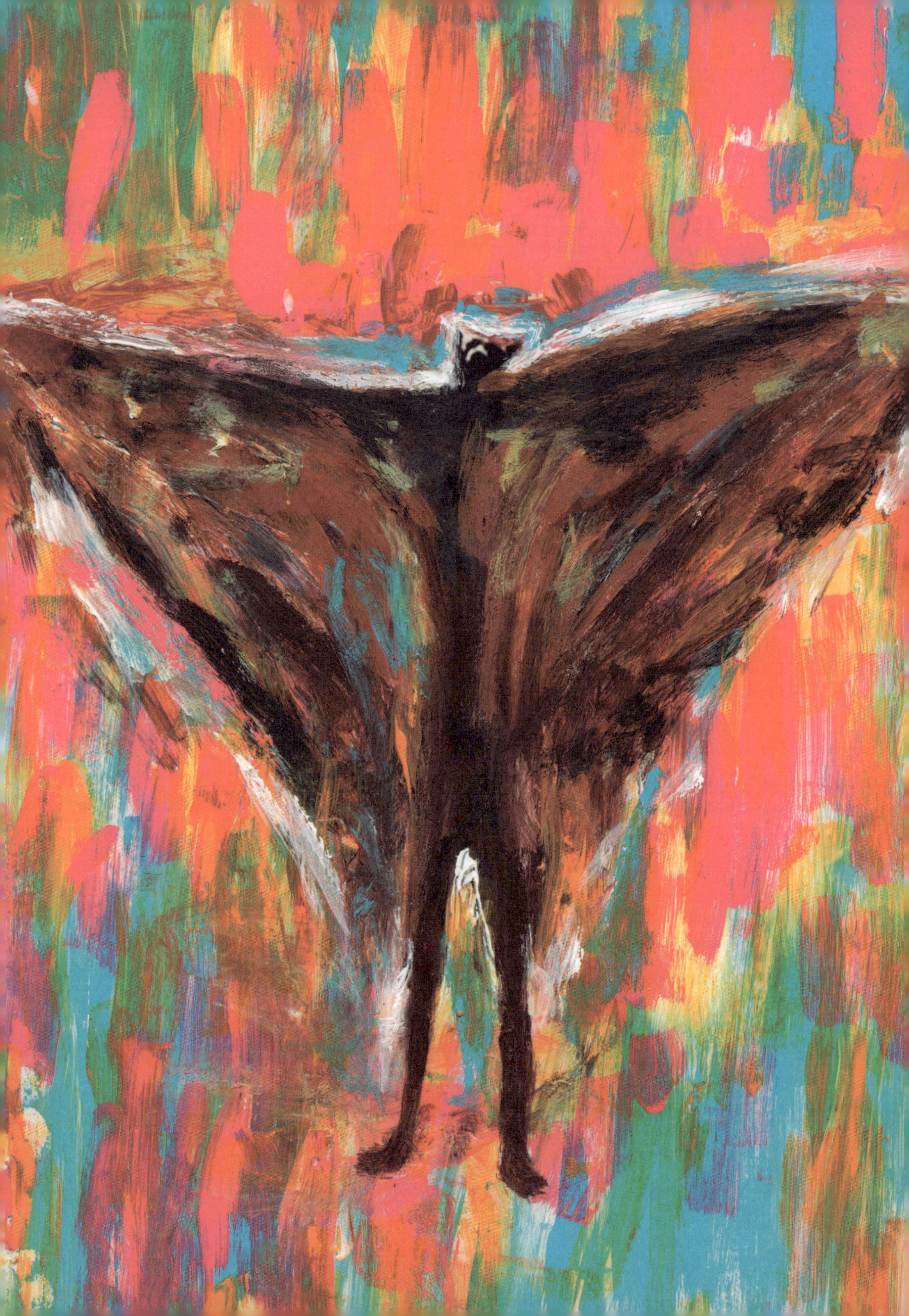

ZORAK, OS MORCEGANJOS DA CULTURA MARAGUÁ

Zorak são os morceganjos (no linguajar dos ribeirinhos, próximos ao território dos homens-morcegos – ancestrais dos **kãwéras** e **kãwewés**).

Eram do tamanho de pessoas, e muito fortes. Tinham a mistura de homem e morcego, porém seus corpos eram largos para cima e finos embaixo. Tinham asas longas e pretas, e sua língua era bifurcada como de serpente.

Em algumas histórias tradicionais, eles, ao alçarem voo, se transformavam em morcegos, mas, ao pousar, se transformavam em gente novamente. Viviam em cavernas no centro da ilha, no meio do lago encantado Waruã, um lago que nunca amanhece no mesmo lugar.

Eram maus. Eram servos do feiticeiro Pógia, inimigo do povo maraguá. Tinham como líder o temido Ezamume. Sobrevoavam as aldeias maraguás e comiam pessoas. O vigia, que ficava à entrada de sua caverna, se chamava Izarabiá.

Então, por que me refiro a eles no passado? Porque, segundo a história, foram mortos pelos heróis Parket, Ezairê, Tuazep e Ebẽzekê.

Só escapou com vida Ezamume, que da ilha fugiu e foi fazer sua nova morada na cabeceira do **ygarapé** Kãwera, no rio Abacaxis. Ezamume é o pai de todos os atuais kãwéras e kãwewés com suas mulheres captadas (uma maraguá e outra, branca).

Seus herdeiros kãwéras são as entidades que mais amedrontam as pessoas nas aldeias e os ribeirinhos além do território do povo maraguá.

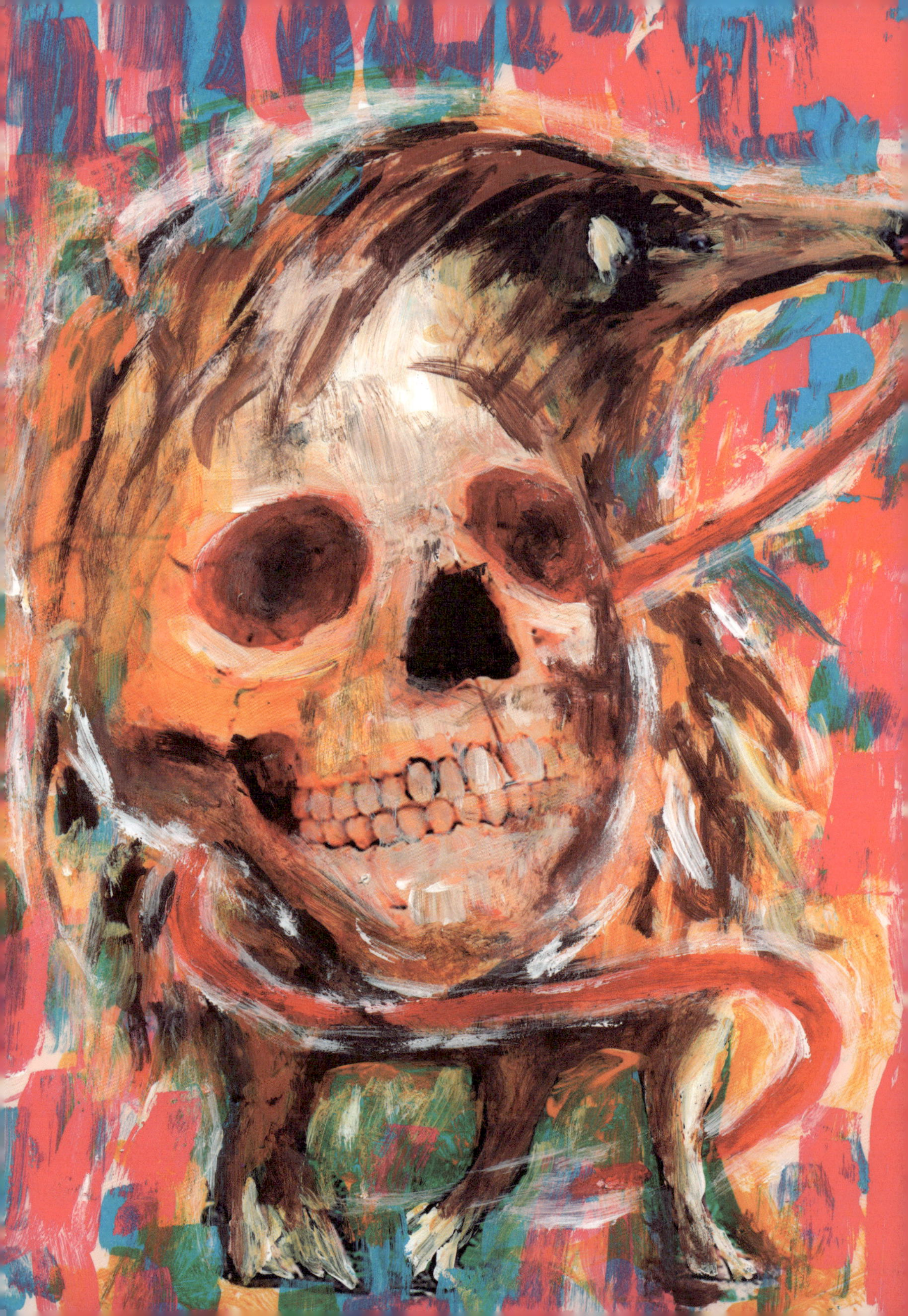

KAPELUBU

O **Kapelubu**, chamado pelos regionais do Maranhão e do Pará de Capelobo, num aportuguesamento do nome **Jê** que, segundo alguns indígenas, significa "osso quebrado" ou "chupa-ossos", pertence por tradição à cultura dos povos **mebêngôkre**, e foi tupinizado pelos **tembés** e **ka'apors** antes de ser conhecido pelos colonos regionais.

Seu mito remete à origem do mundo, quando havia um homem diferente de todos e muito bravo que, com o passar do tempo, se distanciou da aldeia e foi morar na floresta. Lá adquiriu a forma horrenda que se conhece: um monstro de mais de dois metros, com pés de anta, crina de cavalo e cabeça de tamanduá.

Alguns têm nele a ideia de monstro vampiro, causada pelo jeito que se alimenta. Afinal, com a boca de tamanduá, após matar a pessoa, suga seu sangue e principalmente o miolo da cabeça. Daí por que alguns povos o chamam de "Bicho comedor de miolo".

Das suas vítimas, a maioria é gente perdida ou que esteja sozinha na Floresta Amazônica.

O Kapelubu perambula à noite, mas também já atacou pessoas durante o dia.

Segundo o mito original mebêngôkre, é ser único. Tanto que a história do homem kayapó que se afastou da aldeia assegura isso.

A ideia que se tem dele, de uma anta, é a mistura de informação a respeito de outra entidade, a **Tapirayawara**, chamada no sudeste do Pará de "Onça do pé de burro".

Sua presença é denunciada pelos fortes gritos, que parecem com os gritos do Mapinguary; a origem do Kapelubu, em algumas aldeias da região, é muito parecida com a origem do Mapinguary (esse, pertencente à mitologia maraguá).

A ideia de pés de garrafa é recente e dada em meio aos colonos nordestinos. E também é recente a ideia de que só pode ser morto com tiro no umbigo.

O alerta que faço aos leitores é que esta entidade não pertence ao folclore do Pará e do Maranhão, como muitos costumam dizer; mas, sim, pertence à sua mitologia de origem, a mebêngôkre, e que num dado momento passou a ser conhecida por outros povos indígenas e colonos nordestinos. O fato de ter sido modificada em outras culturas não significa que tenha perdido sua origem mítica e deixado de pertencer ao povo originador. Será sempre o Kapelubu kayapó.

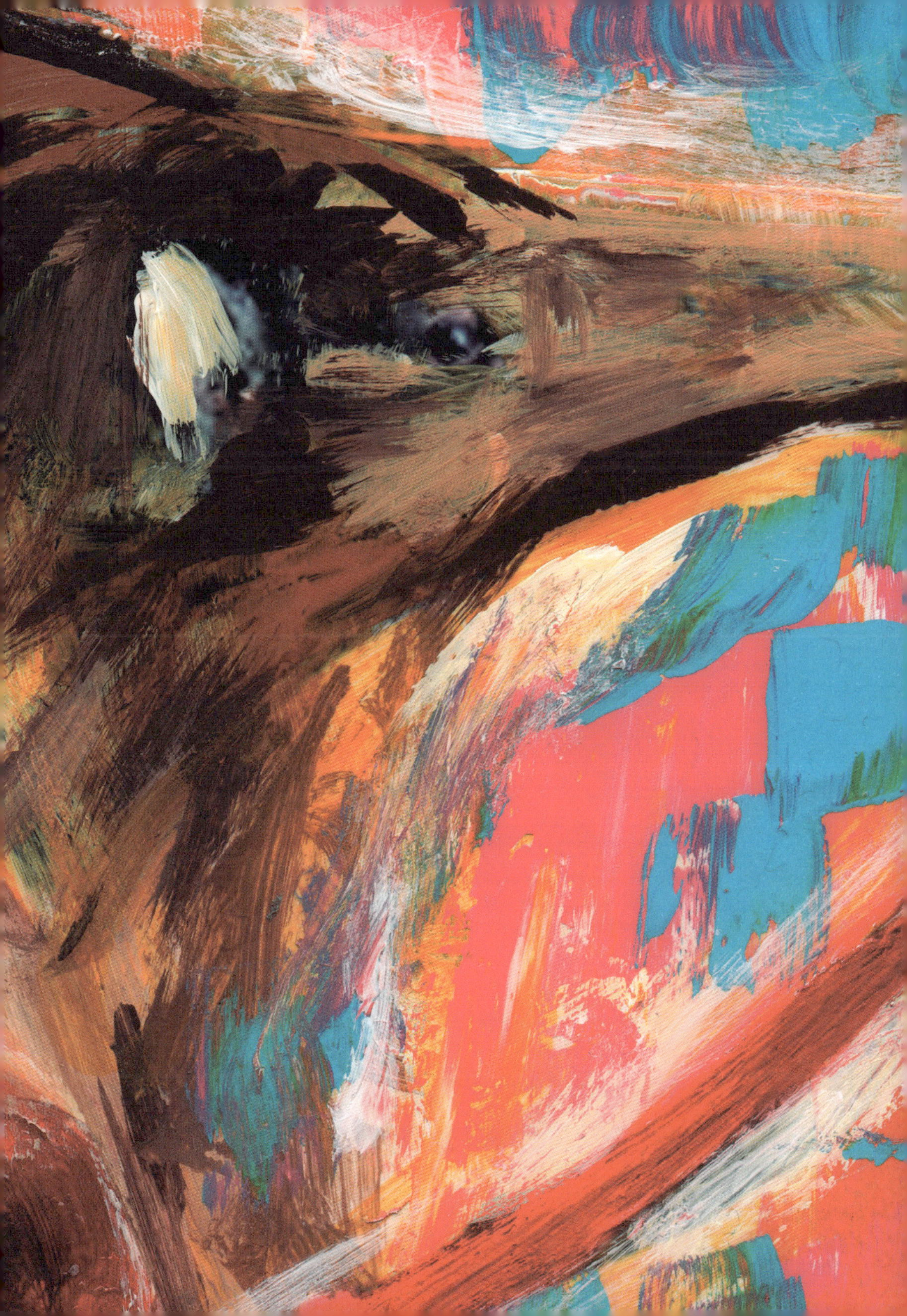

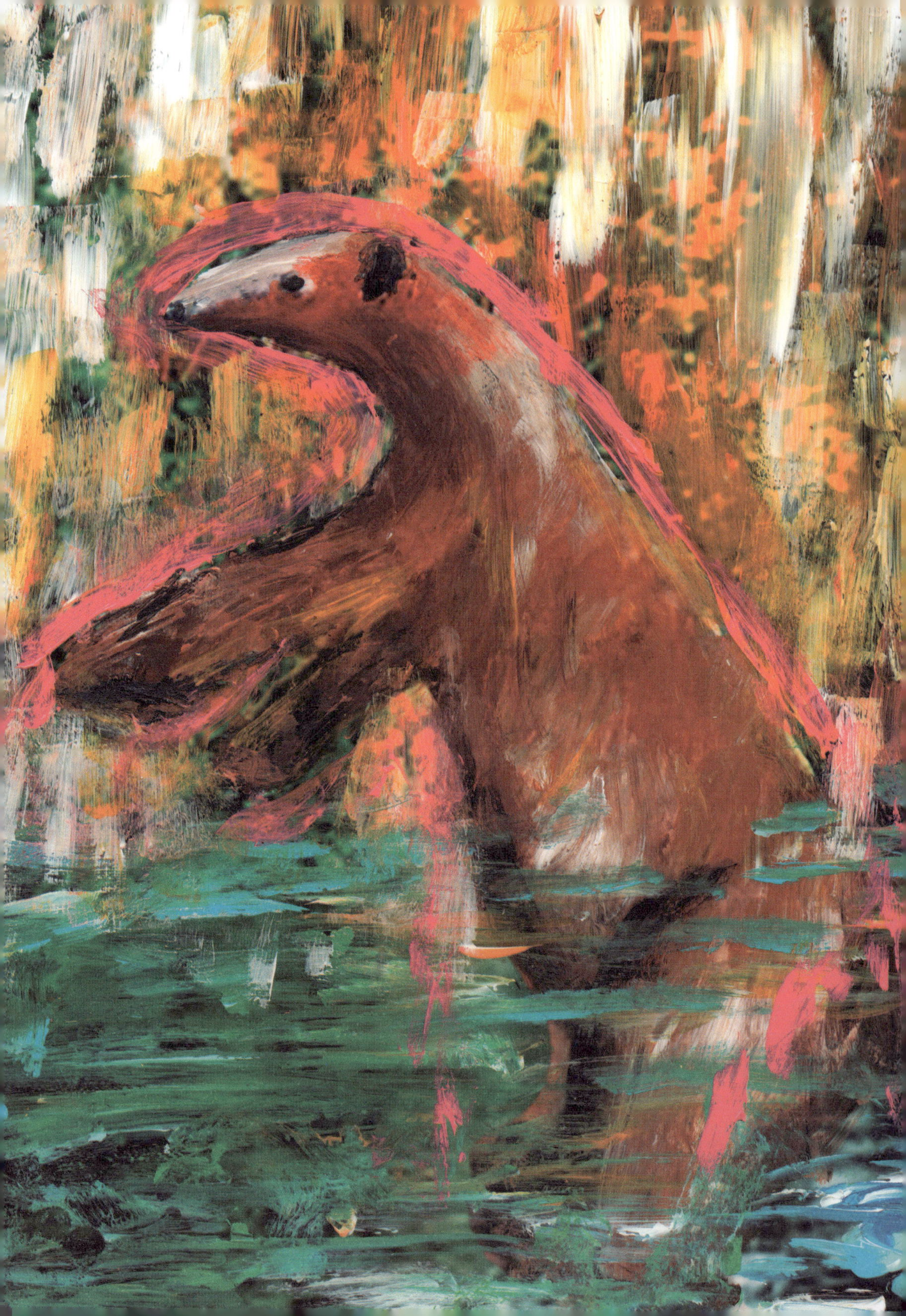

JOUGOROROU

Até algum tempo atrás, não se sabia em nível geral nada sobre o grande **Jougororou**, e muitos ainda nem sabem. Mas acontece que, desde que lancei meu livro *Mapinguary, o dono dos ossos*, em que conto também a história desta entidade, já encontrei dois textos de pessoas que o "rebatizam" de folclore brasileiro.

Eis a questão. Desde que os invasores brancos dominaram esse "subcontinente" chamado Brasil, muitas histórias, muitos mitos e muitas entidades religiosas já foram roubados pelos brancos. Não estou falando aqui de sincretismo nem de miscigenação de cultura; o que falo aqui é de apropriação indevida mesmo. Pessoas que são acostumadas a usurpar a cultura de algum povo indígena; nesse contexto, lhe dão uma nova roupagem e passam a chamar de folclore brasileiro. O que dizer dos padres que primeiramente os chamam de coisa satânica? Uma vez demonizados, passam a ser chamados de lenda e folclore pela sociedade dominante.

A problemática não é usar, mas não dar o crédito devido ao direito autoral coletivo, é transformar em folclore o que é religioso, é desqualificar a religiosidade do outro em favor de sua crença.

Então, o que é o Jougororou? É um monstro pertencente ao grupo dos seres (ou **txslakãg**) segundo a religião Urutópiağ, da cultura do povo maraguá, mais precisamente dos moradores do lago Kayawé.

Ele tem aparência assustadora, a começar pelo seu tamanho de dois metros, um grande animal peludo, com garras enormes, semelhante ao tamanduá-bandeira. Monstro de força incrível, vive na água e sai de dentro dos grandes pântanos e **ygapós** para atacar e comer pessoas que moram nos lugares distantes, nos centrões encharcados da Floresta Amazônica.

Quando encontra alguém morando na floresta, ele aparece cantando e gritando alto: "Jougororou, Jougororou... abra a porta que eu quero entrar!" Caso ninguém responda, ele fica muito furioso e destrói a casa. Muitas famílias que moravam nos grotões da Amazônia já tiveram que sair fugidas de suas casas por causa do Jougororou. Também há relatos de caçadores que já o viram e fugiram dele, pois está sempre escondido à espreita.

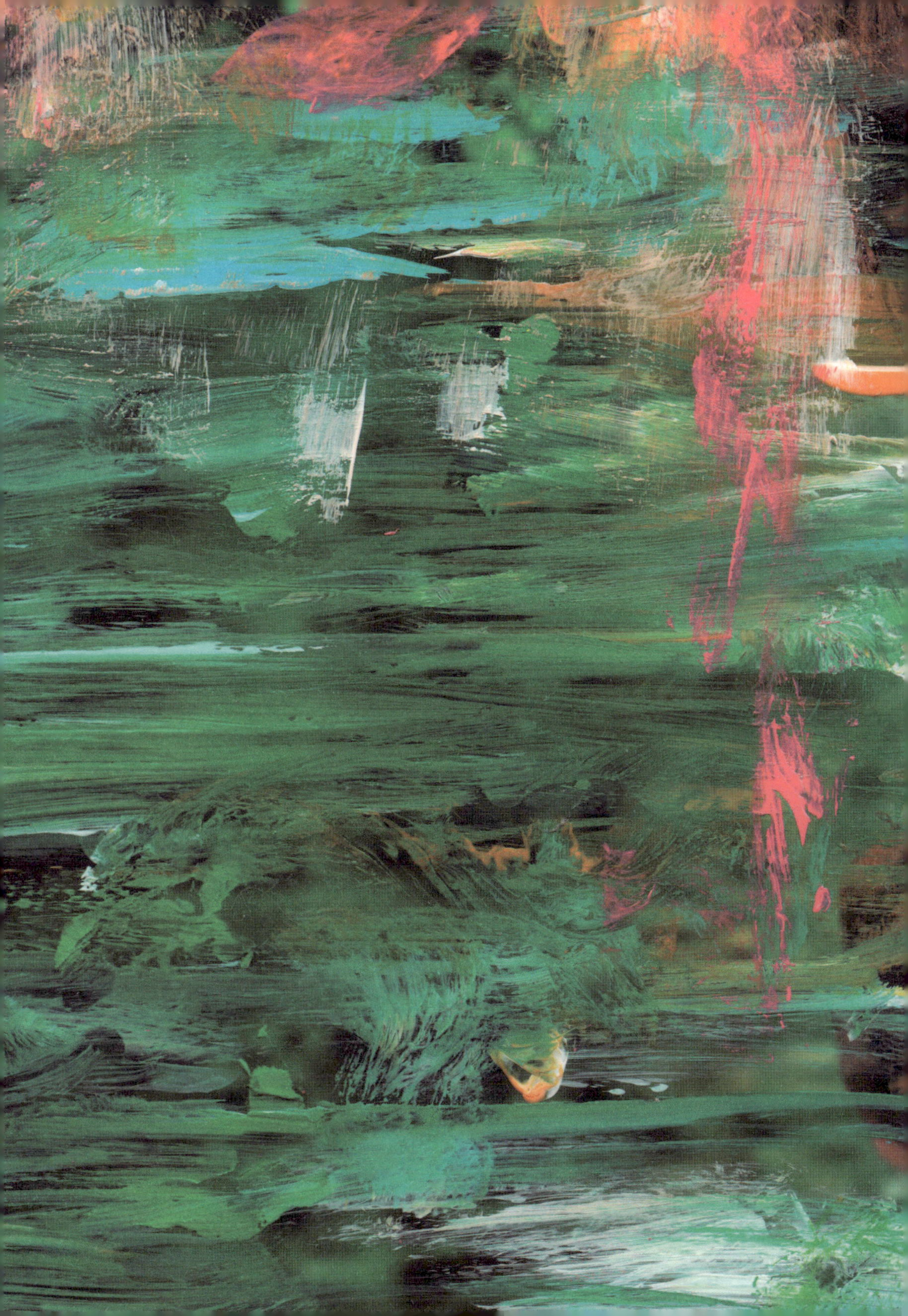

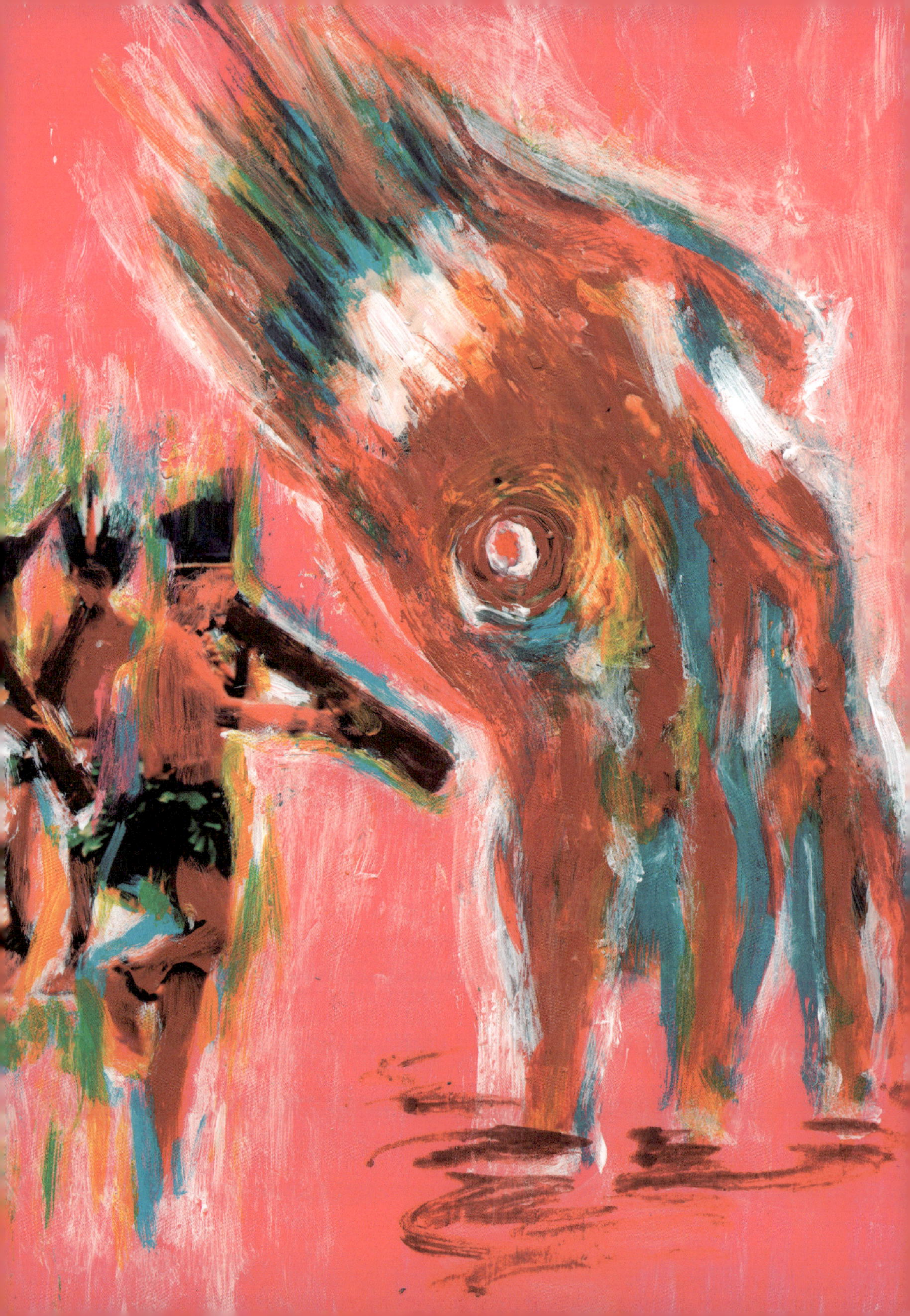

YURUPARI

O pessoal fala erroneamente Juruparí, com um sotaque aportuguesado. Crença autêntica tupinambá da costa do Brasil, tem um caráter maligno e está em oposição ao **Tupã** e à benevolência das entidades, ou seja, é o espírito supremo do mal.

Quero deixar claro que tratamos aqui de uma cultura onde há o entendimento do bem e do mal, ou seja, a dualidade dentro da religiosidade, mas sabemos que nem todos os povos têm a mesma concepção. Em se tratando de povos indígenas, falamos de um universo inteiro de diversidade cultural.

Mas o **Yurupari** é de tudo diferente. Além de ser supremo dos seres malignos, é também o ser que tem várias aparências. Na religiosidade maraguá, é comparado ao Anhãga e, assim como ele, tem quatro formas peculiares, entre as quais se destaca o Zuruãgá, o espírito do medo, sem forma, mas que em noite de lua cheia aguarda os desavisados que estejam sozinhos.

O significado do seu nome não se sabe ao certo. Alguns tupinólogos dizem ser "boquinha torta", já outros, "garganta profunda". O certo é que yuru significa "boca", e parí pode ter vários sentidos. Em nheengatu, parí significa "cerca", "cercado".

Quando a influência tupinambá chegou à Amazônia, ao adentrar na cultura dos povos do rio Negro, ganhou uma nova roupagem, ou, como sincretismo, foi identificado com o deus supremo dos povos tukanos, Karapikuri, e assim ganhou a aparência e a história de origem do próprio deus local. Dessa feita, tornou-se também o legislador, a mesma característica atribuída ao Karapikuri, e também passou a ser filho da virgem, protetor e cuidador dos povos tukanos.

O mito do Yurupari, o legislador, não é propriamente dele, mas de seu colega espiritual tukano identificado com ele; assim, de mau, passou a ser uma entidade boa. Coisa que, para os padres católicos, não fazia nenhuma diferença, já que ele foi identificado como inimigo de Jesus; ou seja, para os cristãos, Yurupari passou a ser o diabo. Algo que não podemos comparar, muito menos aceitar.

O fato é que Yurupari não é produto de identidade branca, nem brasileira. Tão somente pertence aos povos que o veneram e só a eles lhe diz respeito.

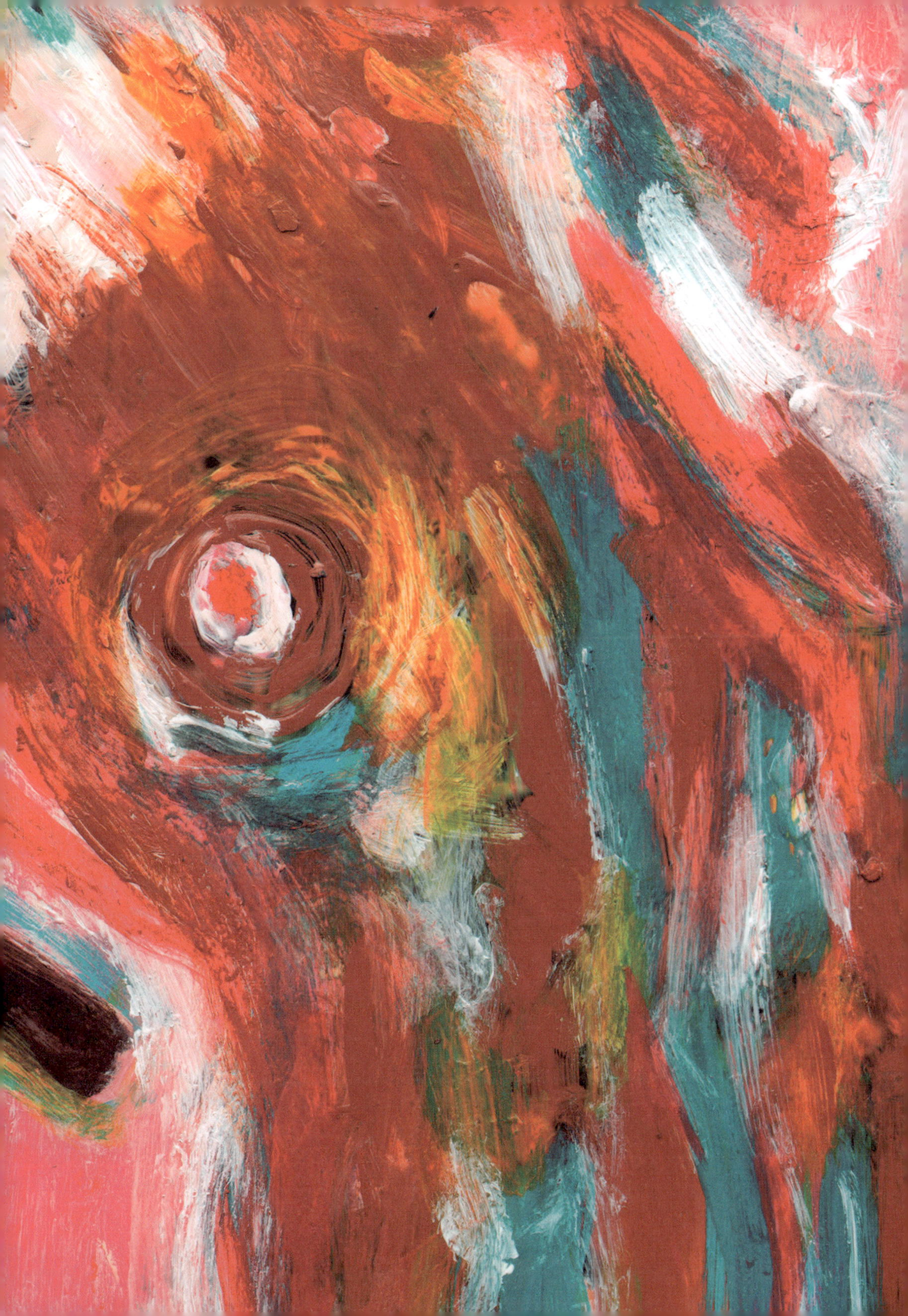

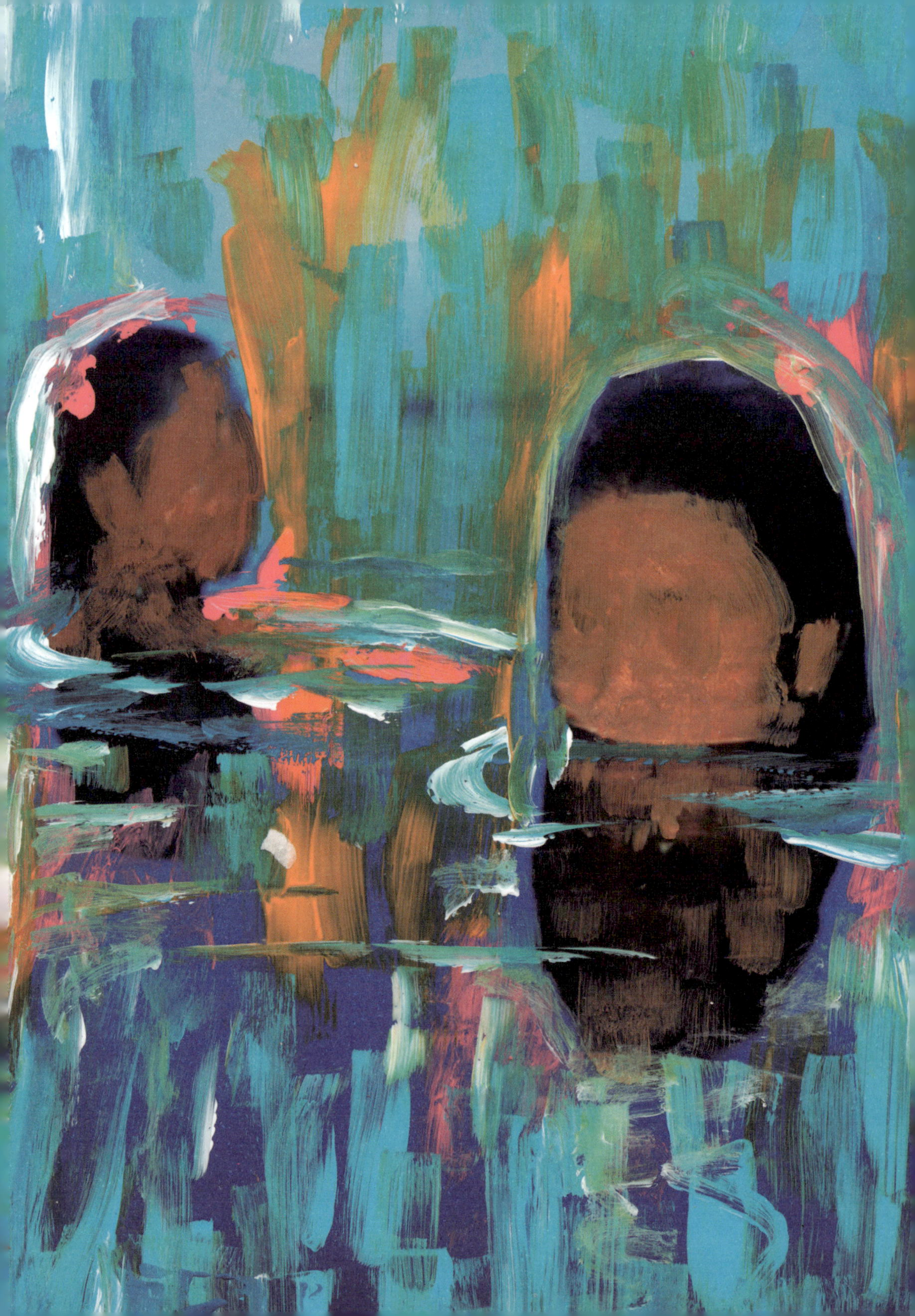

AS IRMÃS GUAYARA E KUNHÃGUÉRA

A mitologia indígena maraguá (um povo que habita a região do baixo rio Madeira, no Amazonas) é rica em entidades fantásticas. Duas delas são as irmãs **Guayara** e **Kunhãguéra**. Entidades lindas, mas bem diferentes.

Guayara é bonita e boa. É a senhora das águas. Sua beleza é única. Chamada de Yara na mitologia tupi, ela vive nos rios e lagos da Amazônia. Quando vem à superfície, se põe a cuidar da natureza e está sempre disposta a ajudar as pessoas. Narcisista, debruça-se nas praias fluviais, admirando sua beleza.

Kunhãguéra também é bonita, porém má. É o lado oposto de Guayara. Usa sua beleza para atrair os homens que estejam na idade de casar e, hipnotizados, os leva para o fundo do rio, onde os mata. Ela não gosta da irmã boa. É sua inimiga, e, por ser muito parecida com ela, se aproveita disso para confundir as pessoas, fazendo suas maldades parecerem obra de Guayara.

Em noite de lua cheia, aparece nua e sedutora nos portos interioranos, cantando uma canção triste. Azar do homem que ouvir sua voz e por curiosidade aproximar-se dela.

Alguns pajés dizem que ela era uma mulher que foi morta pelo marido e que, por causa disso, retorna de vez em quando do mundo dos mortos para se vingar dos homens.

Outros dizem que ela é amante de Anhãga, o deus do mal. A palavra Kunhãguéra significa "a coisa que era mulher".

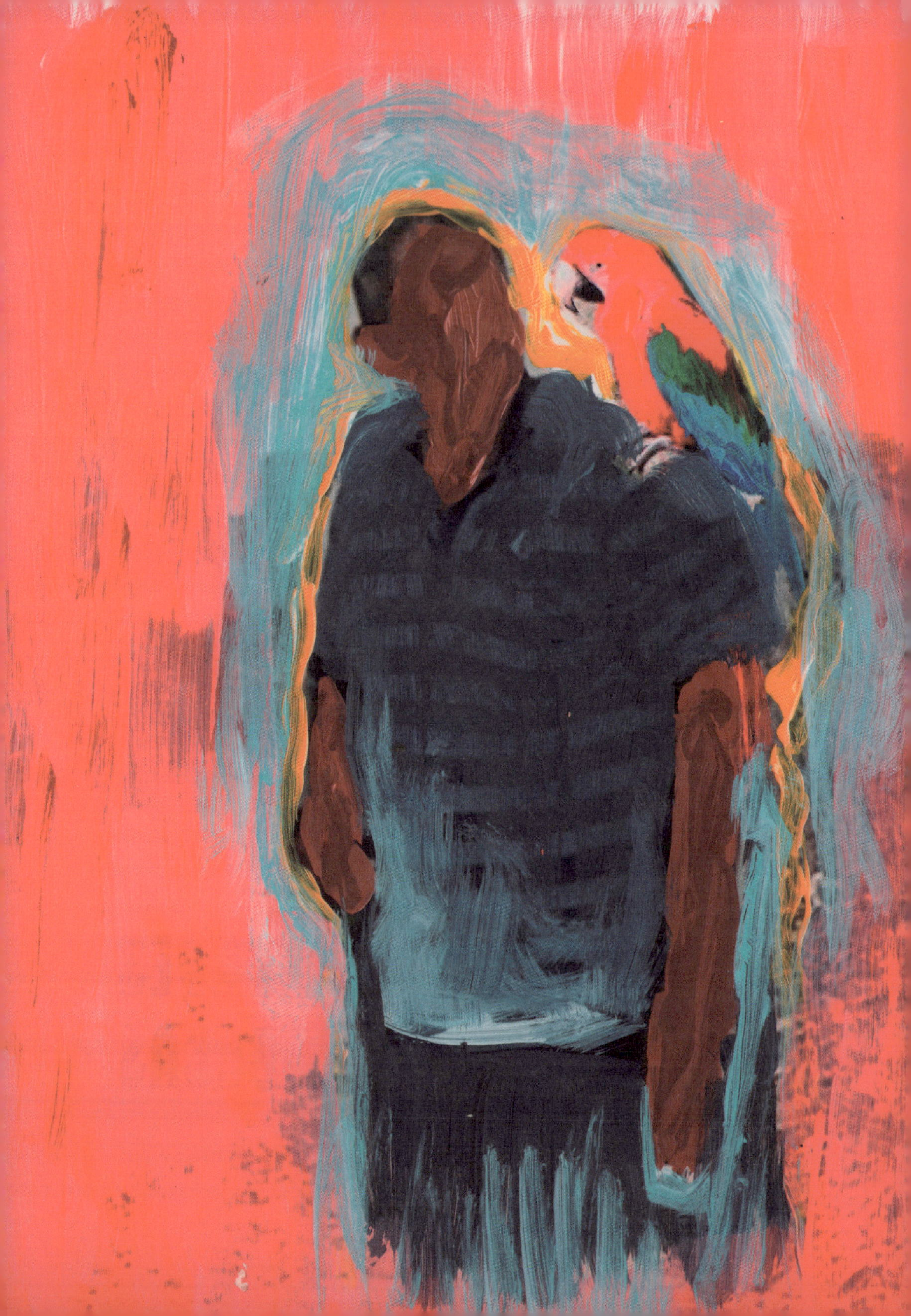

ENTIDADES CABOCAS

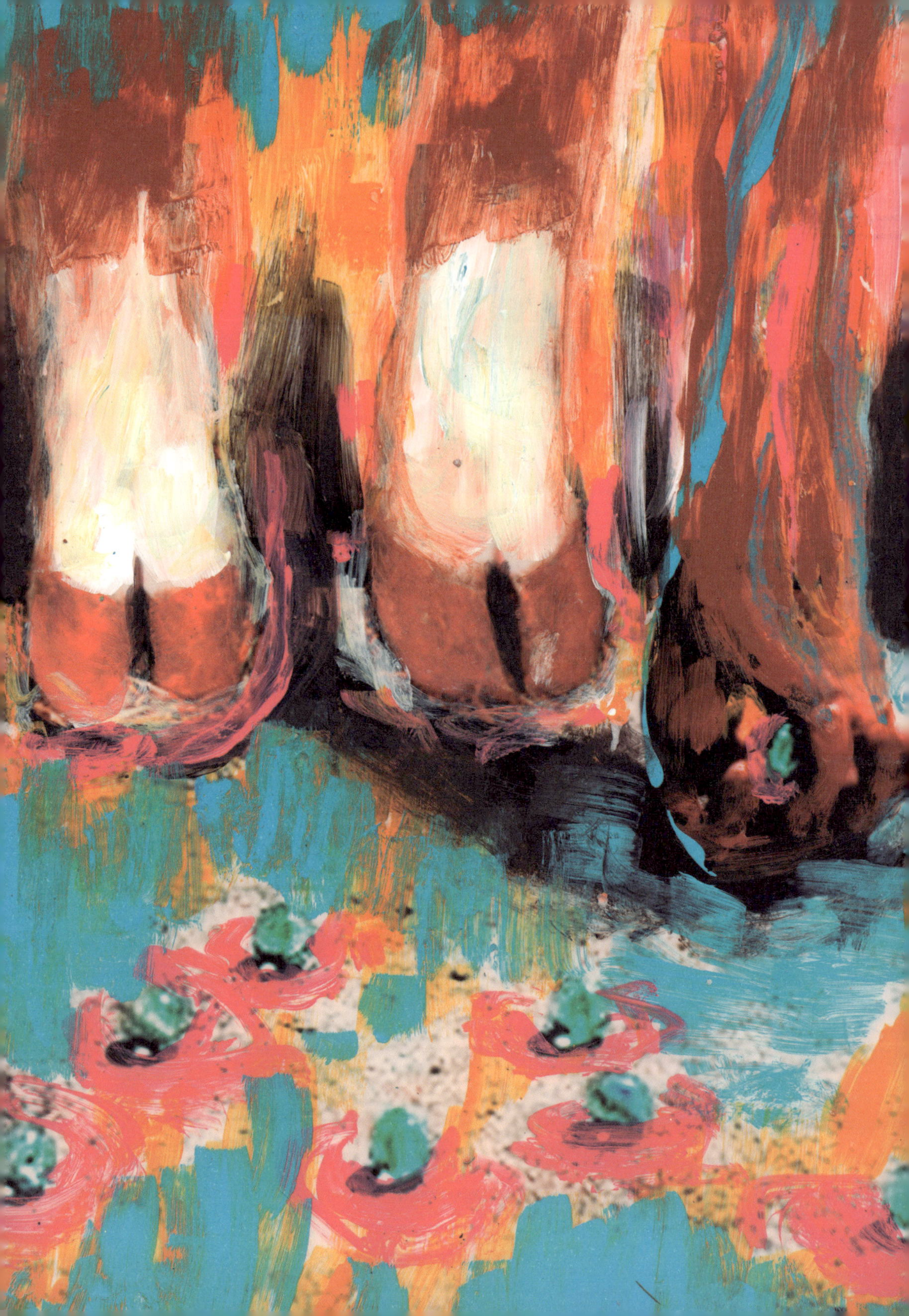

TIBINGA

A palavra **Tibinga** (tibīga), em língua geral da Amazônia (nheengatu), significa "diabo".

É o nome dessa aparição, tanto em cidades pacatas do interior amazônico quanto em comunidades ribeirinhas.

Os cabocos, por a temerem, não se arriscam a nenhum tipo de brincadeira sozinhos à noite, pois já sabem que, se brincarem... Pode até não aparecer para você, mas seu parceiro será o Tibinga.

Em Nova Olinda, no Amazonas, quando eu era criança, espalhou-se a notícia de que um menino que não tinha com quem brincar de bolinha de gude pôs-se a brincar sozinho no meio da rua em plena noite. As pessoas que passavam por ele assustavam-se e saíam correndo, porque viam o menino e um demônio brincando com ele. Podia até não aparecer para ele, mas seu parceiro era o Tibinga.

O demônio tem rabo, chifre e pés de bode. Este é o Tibinga. Entidade malévola, **visaje** nascida na crença amazônica e que se aproveita das pessoas que ficam sozinhas em casa; não tendo com quem dividir a brincadeira, põem-se a brincar um jogo de xadrez, uma dama, uma bolinha de gude... sozinhas. É nesse momento que o Tibinga se manifesta. A pessoa "cega" não percebe que está jogando com o próprio capiroto.

Você joga uma bolinha e, sem esperar, ela é atirada de volta... Quem a atirou?

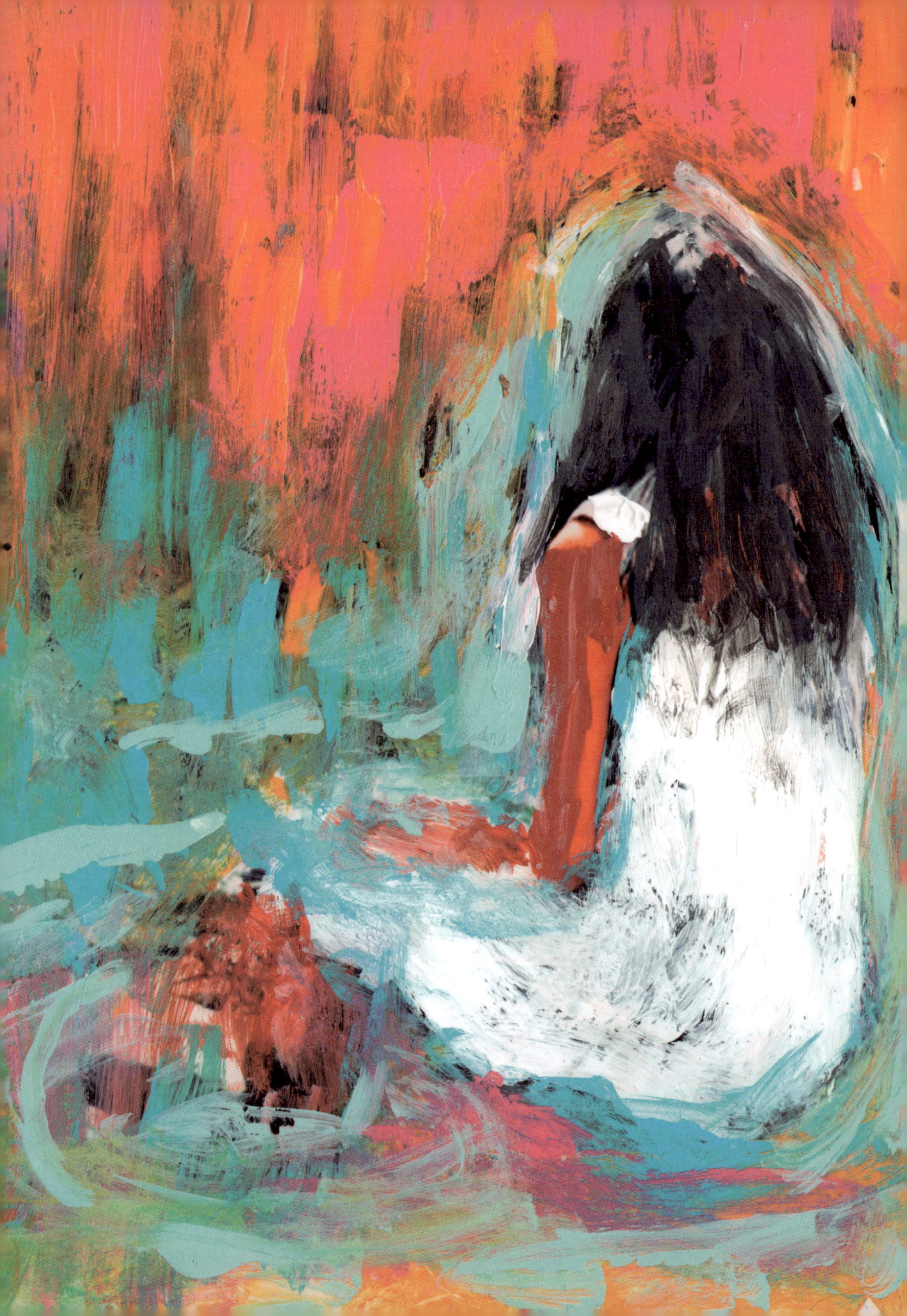

BEM QUE CHORA

Sabe das vezes em que você, sozinho, esteve trabalhando despreocupadamente e ouviu alguém lhe chamar? Você presta atenção, mas não escuta mais nada. Momentos depois você escuta novamente. Seria brincadeira de alguém?

Alguns chamam isso, aqui no Amazonas, de "chamado da morte". E ai de você se responder... É morte na certa.

Em minha vivência pelo interior do baixo Amazonas, conheci isso com o nome de **Bem que Chora**.

Às vezes, quando você vai andando no caminho e escuta alguém chorar... você procura e não acha nada. O arrepio vem, a cabeça parece crescer e você percebe que não é normal... Alguns correm em disparada com medo. Outros se benzem, cristãos oram... Outra vez você está na beira do rio sozinho, olhando a beleza da praia fluvial e, do nada, um vento frio passa arrepiando você. Em seguida, um grito forte de mulher ecoa e você não sabe para onde olhar.

Os velhos ribeirinhos dizem que a Bem que Chora era uma mulher morta afogada na beira do rio. Outros dizem ser uma visaje natural, ou seja, nada tem a ver com morte de gente. Na pajelança caboca, é visaje que anuncia a morte.

Não tenho uma ideia ao certo de sua aparência, já que só se ouve, nunca se vê. Mas me parece uma adolescente triste, sempre chorosa, com vestido branco e comum de ribeirinha, toda ensopada. Apesar da tristeza, é profundamente enraivecida. Se manifesta em forma de assombração, e busca matar de agouro quem a ouve.

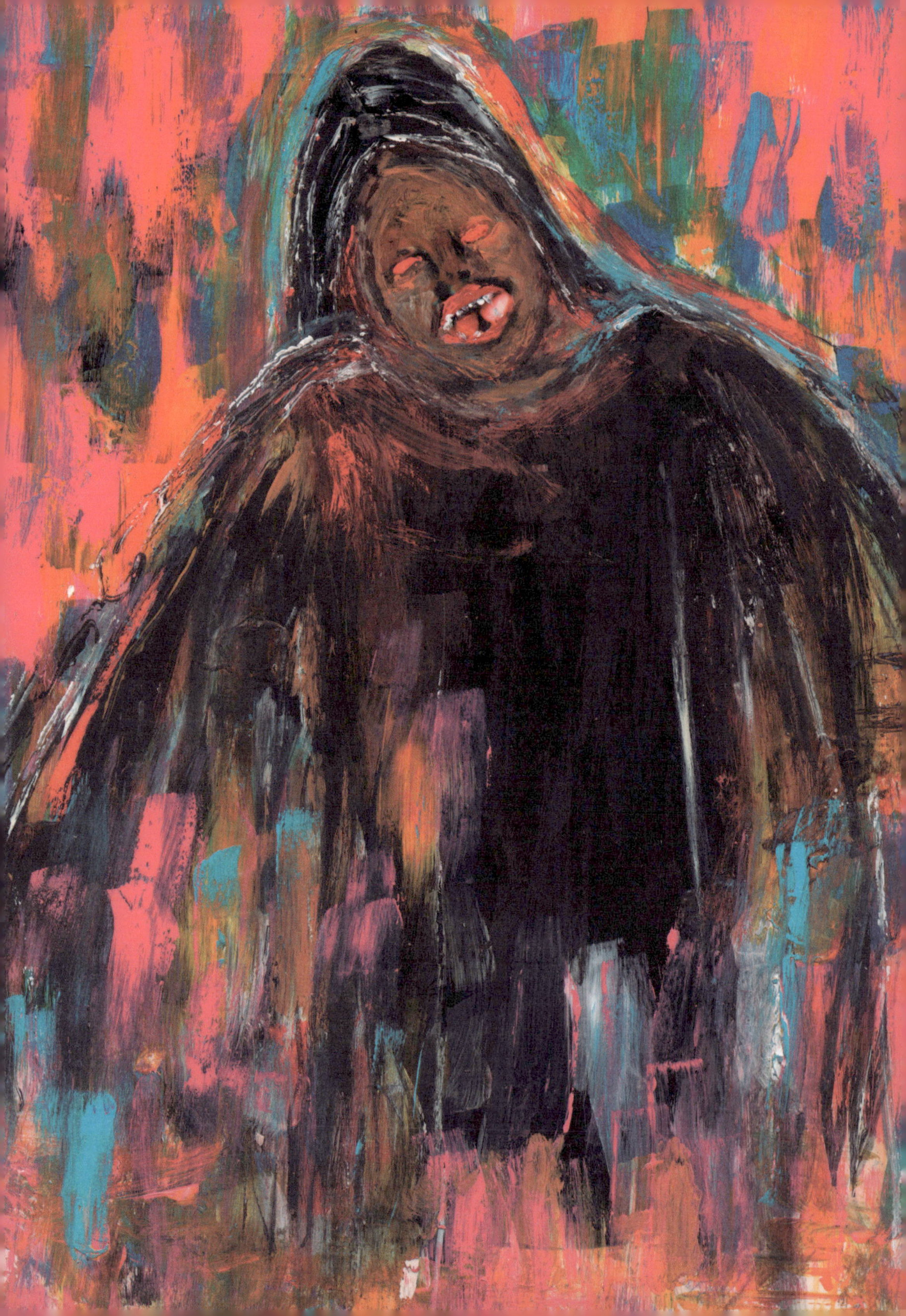

CÁ TE ESPERA

Uma visaje... e por ser visaje, é maligna... demoníaca. E habita os cantos escuros das casas ribeirinhas.

Seu nome foi dado pelos cabocos amazônidas. Justamente a região por onde ocorre, mais precisamente, a região de Parintins, no Amazonas.

Lembra quando você brincou com seus coleguinhas de esconde--esconde em sua infância? Se brincou, você passou por um perigo tremendo, e ainda bem que não aconteceu nada com você.

Ela habita esses cantos escuros e só se manifesta à noite, por se identificar com as trevas. E é aí que aguarda as crianças que brincam de se esconder, para aparecer a elas.

Imagine você, uma criança escondida em seu cantinho e, ao virar-se para o lado, se deparar com esse rosto maligno sorrindo para você e falando com uma voz fanhosa: Cá te espero, querido... Em seguida cobrindo você com sua capa preta, com a qual ela some do recinto sempre que alguém liga a lâmpada ou acende a lamparina...

A **Cá Te Espera** recebe esse nome justamente em alusão a que ela espera, aguarda suas vítimas se esconderem nos cantos. Muito mais que uma lenda caboca, a visaje se manifesta para todas as culturas da região.

Olhos vermelhos, dentes ponteagudos e língua bifurcada... Essa é sua aparência. Quando aparece para uma criança, e não havendo quem a socorra rápido, a embrulha em sua capa preta e some para nunca mais voltar. Uma criança por vez... Uma criança por mês. A Cá Te Espera coleciona crânios infantis no inferno, de onde sai todo fim de mês para carregar mais uma vítima.

    Essa é a Cá Te Espera, mitologia dos cabocos de Parintins, no Amazonas.

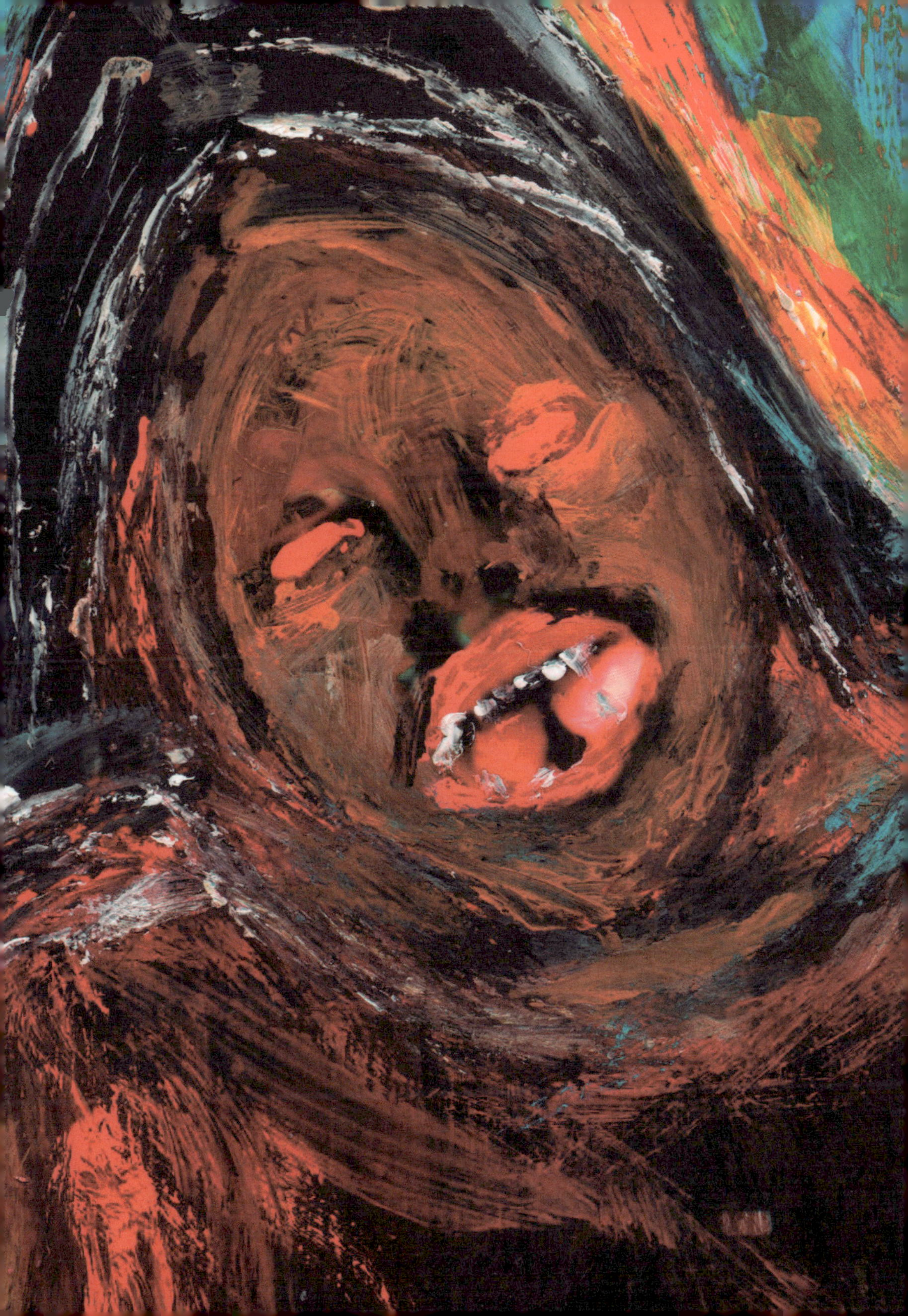

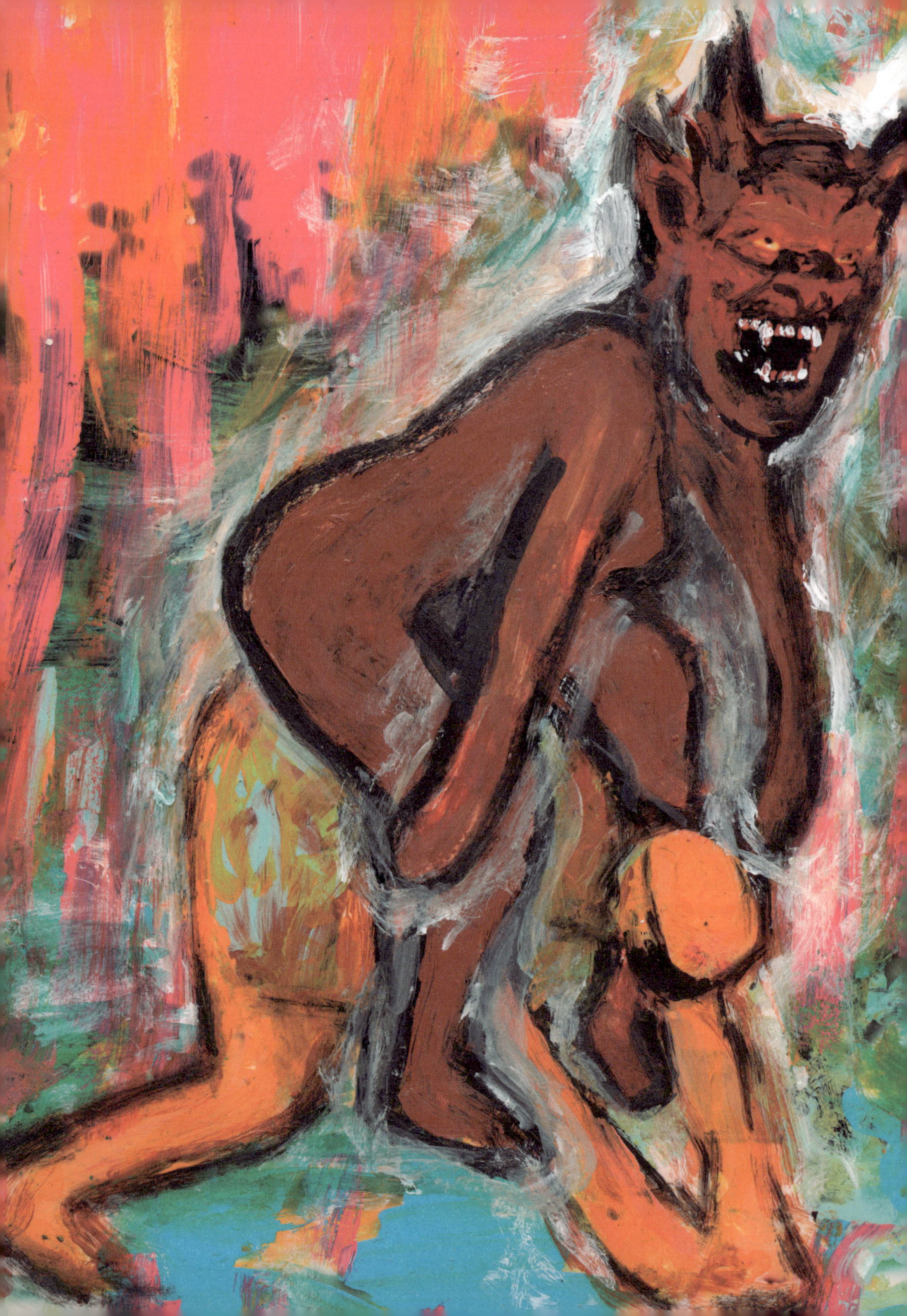

QUEM TE DERA

Como disse? Quem disse que o povo brasileiro não tem cultura própria?

A não ser que esteja muito errado, a **Quem te Dera** é a mais forte manifestação de horror da cultura realmente brasileira.

Um demônio feminino muito conhecido no Maranhão, Piauí e Pará, nos lugares de criação de gado, onde há fazendas e currais de búfalos... Peões acostumados a montar boi bravo... Homens fortes e viris. São eles as principais vítimas da Quem te Dera.

O que faz desse demônio algo único? Ele é uma visaje (palavra do linguajar amazônico que significa "fantasma natural").

Uma mulher morta pelo marido que retornou do pós-túmulo para se vingar dos homens que batem em mulher, ou somente que se dizem machões ou fanfarrões, que se gabam frequentemente de ter namorado quem nem os conhecem.

Ela aparece. O homem safado, mulherengo, bebe tanto. Ela o enamora... Leva ele para casa e, quando ele percebe, é tarde e já está sendo montado pela megera, que, a partir de então, mostra sua verdadeira personalidade e face. Um demônio incrivelmente amedrontador que monta no homem, literalmente. E nas costas o bate, esmurra, chicoteia com as mais finas e doloridas cordas, usa a espora para tratá-lo como se faz com cavalo. É tanta tortura que, de tantas dores, ele apaga.

Só irá se lembrar de tudo no outro dia. Quando vem o choro e o desespero que o faz nunca mais se aproximar de mulher.

Lembra daquela moça bonita que você paquera ao lado da sua mesa de bar? Aquela loira... aquela morena linda que passa por você e você vai atrás... cuidado! Quem te Dera pode ser. Quando você diz: "Quem me dera ter uma gata dessas!", cuidado com o que você deseja.

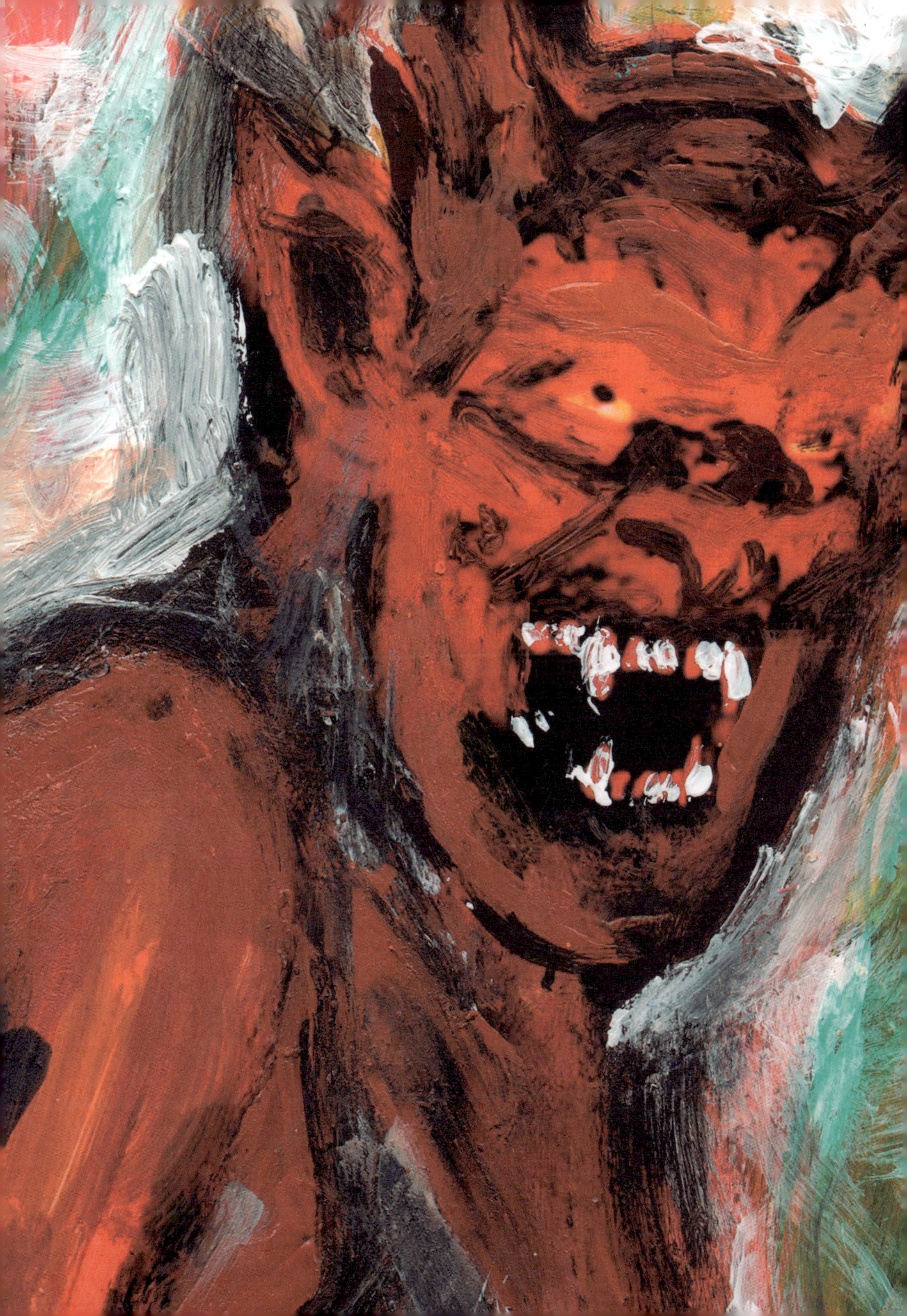

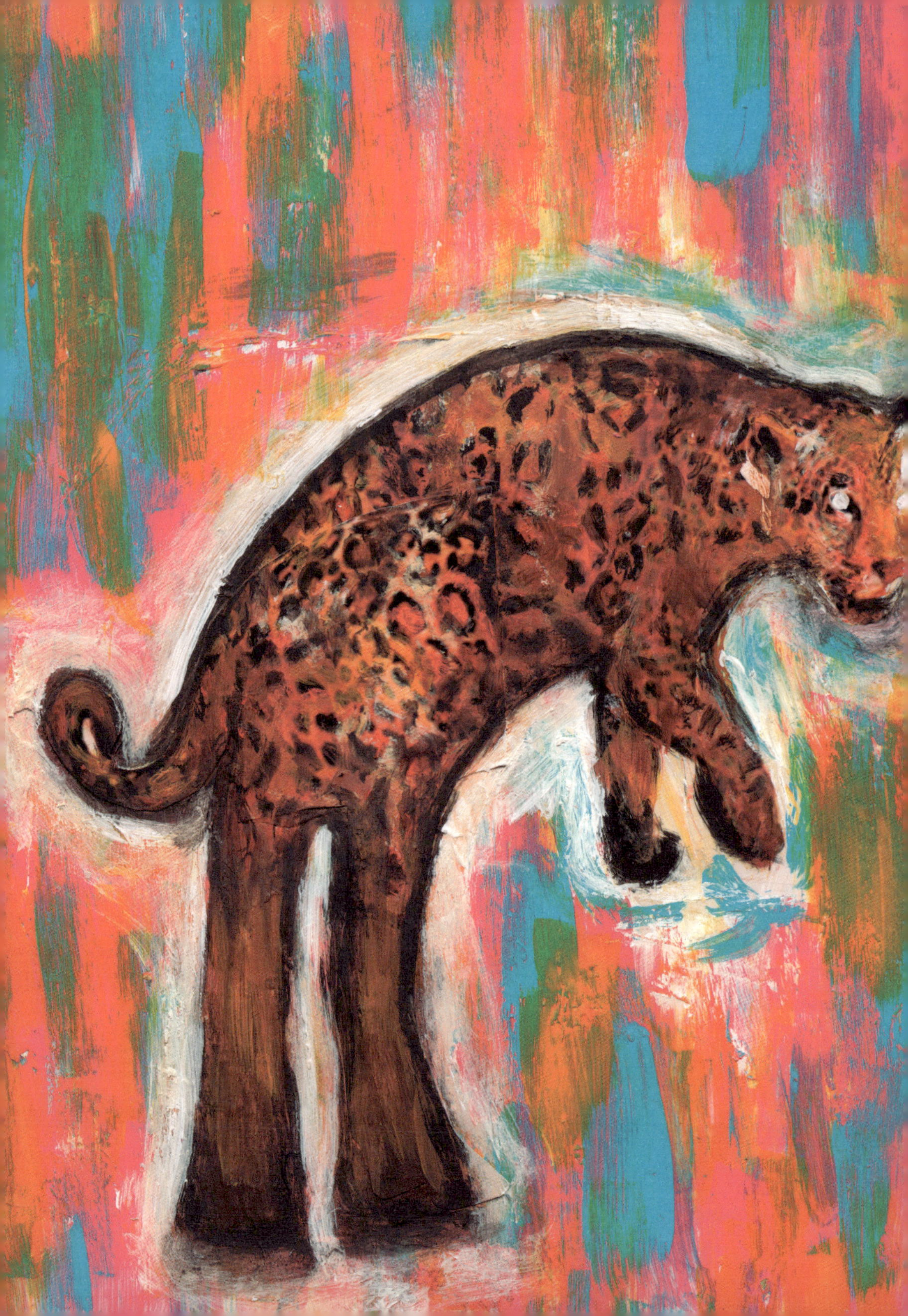

ONÇA DO PÉ DE BURRO

Quem foi que disse que o Brasil não tem cultura própria, sem ter que se apropriar das culturas indígenas? Tem sim, só precisa discernir novas roupagens recriadas pelos próprios brasileiros de raiz. Mesmo não sendo antiga nem tradicional como as indígenas e europeias, afinal, é recente e fruto de uma miscigenação quase sempre ignorada por muitos. Aqui destaco a **Onça do Pé de Burro**, uma nítida recriação da famosa Tapirayawara do povo maraguá, feita a partir do próprio entendimento de colonos nordestinos chegados à Amazônia.

Por que digo que não é apropriação? Porque, além de ter nome próprio, tem características novas e foi criada a partir de um fenômeno social, natural e histórico. Nada forçado ou recriado objetivamente com intuito de apropriação de alguém.

Os nordestinos, chegados à Amazônia no início do século 20, enxergaram essa entidade como um animal comum, porém com características sobrenaturais naturalizadas, e a imaginaram ao molde de seus costumes. Uma onça grande cujas patas traseiras seriam as mesmas de um burro, daí o nome. Nessa nova roupagem, a entidade anda em terra firme, ataca caçadores e coletores de castanha, e tem uma essência mais natural do que a entidade de origem, já que esta é um espírito que se manifesta em carne e osso na forma de um animal assombroso.

Grande e muito brava, ela, assim como qualquer onça, só ataca para se alimentar. E a única forma de fugir dela, segundo os próprios contadores nativos, é subir em árvores, já que ela não consegue subir por ter as patas traseiras como de burro.

Há relatos de que ela, ao perseguir **caucheiros**, sem possiblidade de subir na árvore, se ergue e rosna horrendamente, sempre cravando suas patas dianteiras no tronco, querendo subir, enquanto suas patas traseiras deixam fortes pegadas de equino.

A Onça do Pé de Burro também pode ser considerada uma cultura nordestina na Amazônia.

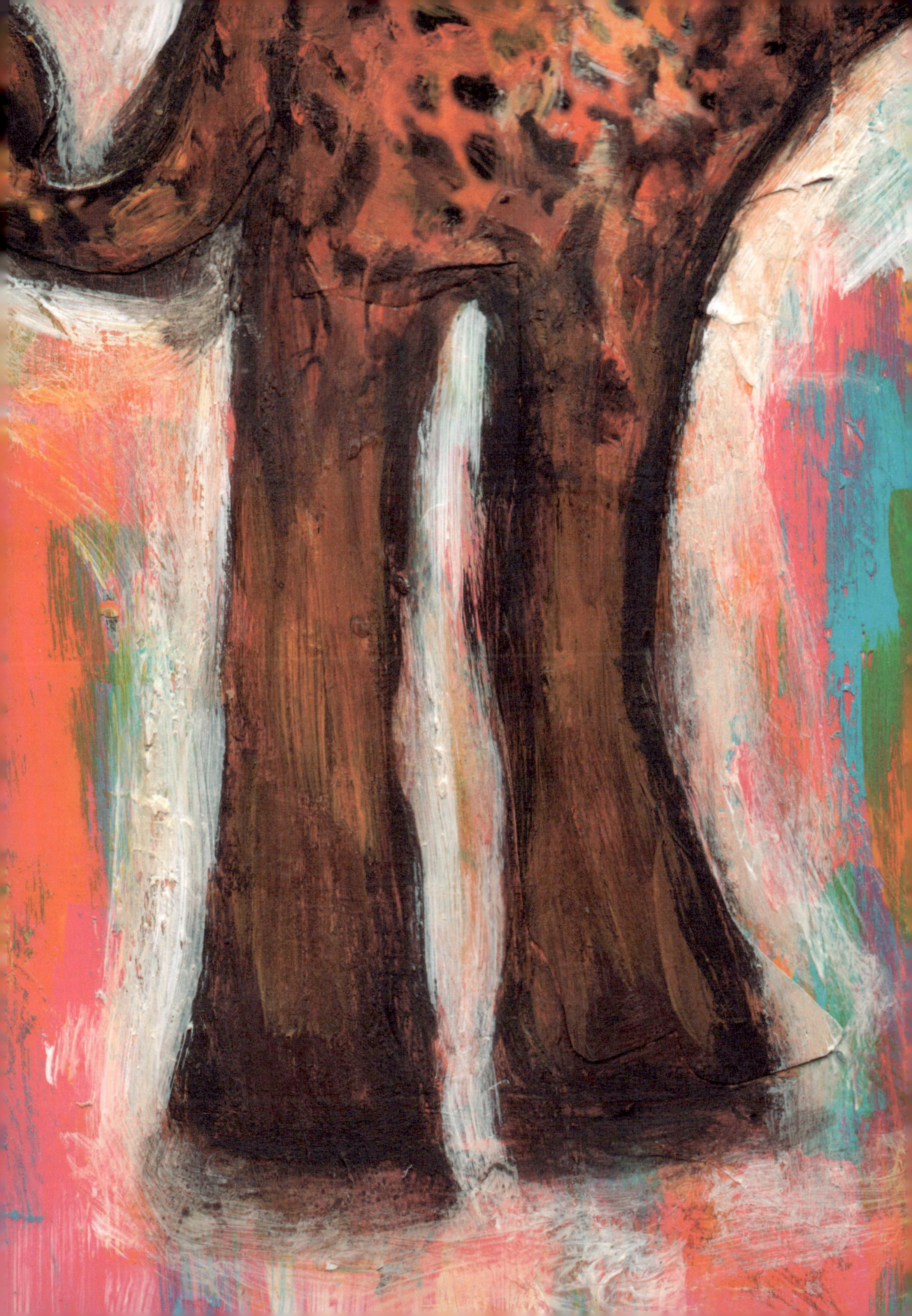

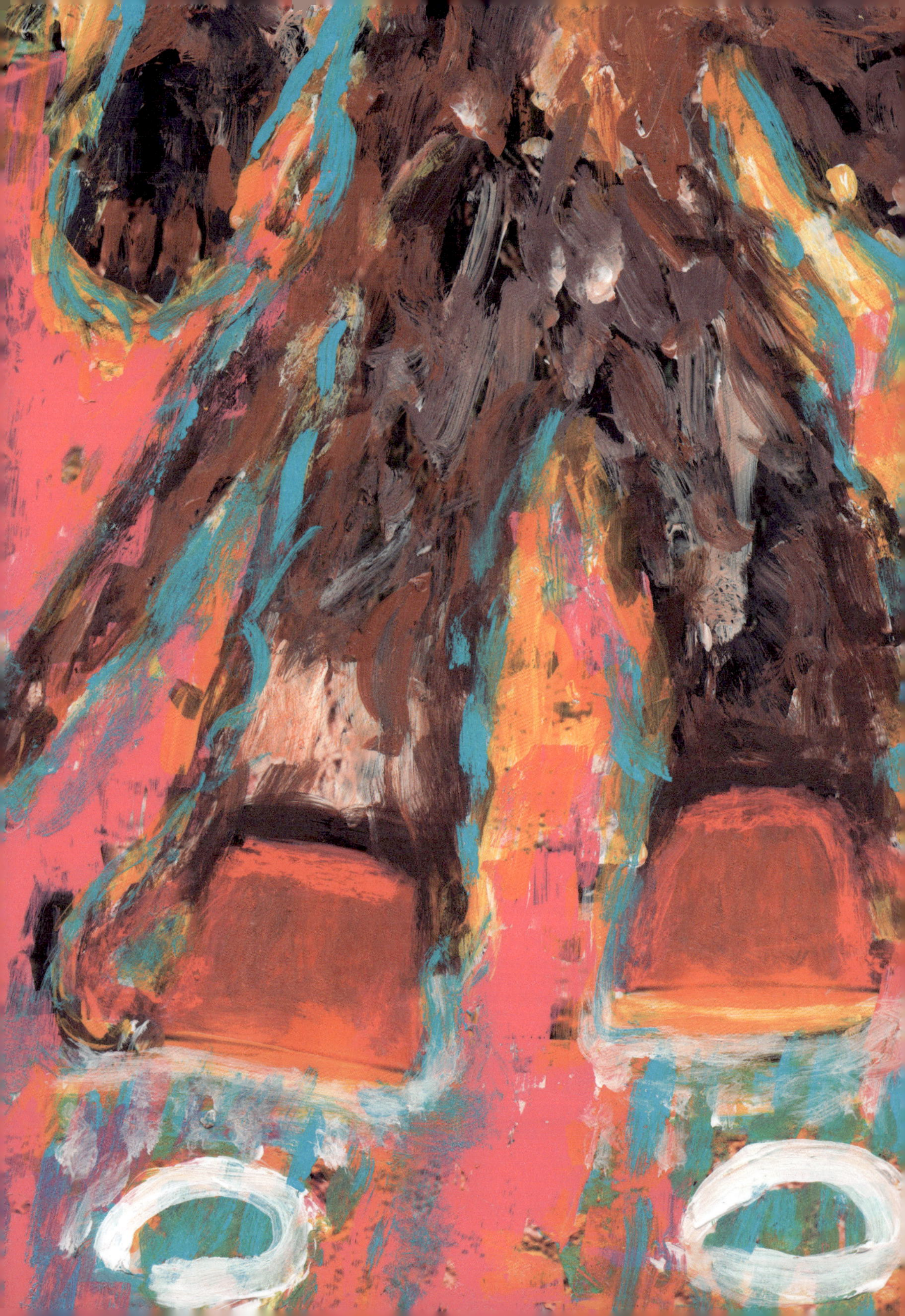

PÉ-TIJELO

Na região de Nova Olinda do Norte, no Amazonas, há uma horrenda entidade urbana, de um metro e meio, toda peluda e com os pés que parecem xícaras.

Marca de duas xícaras saindo ou entrando no banheiro, quando você resolve banhar-se. Se você se encontra sozinho(a) em casa... Quem mais estaria?

Marcas molhadas de duas xícaras na entrada do quarto, quanto você sai da sala para ir deitar-se. Você olha ao redor, procura de onde vem... Não encontra nada.

Você pode até não encontrar, mas **Pé-tijelo** está lá. Ali. Bem embaixo da cama, dentro do armário ou atrás da porta. Olhando você. Espiando você de perto. Procurando saber o que você está fazendo.

Não é visaje. É um ser. Algo de pele e osso, e muito pelo. Dizem que tem um rabo esfolado e garras com as quais arranha você durante o sono. E mesmo se estiver dormindo acompanhado, é capaz de aparecer e te arranhar.

Pode aparecer em qualquer lugar. Em qualquer cidade. Sai de uma casa e entra na outra. Mas prefere mesmo é malinar, assustar e fazer mal a quem demonstra ser mau.

Daí porque, quando alguém desconfia que esteja sendo vigiado por um ser que nem o Pé-tijelo, diz bem alto que é boa gente, ora, reza, canta hinos... Uma forma de afastar o bicho de pé de xícara.

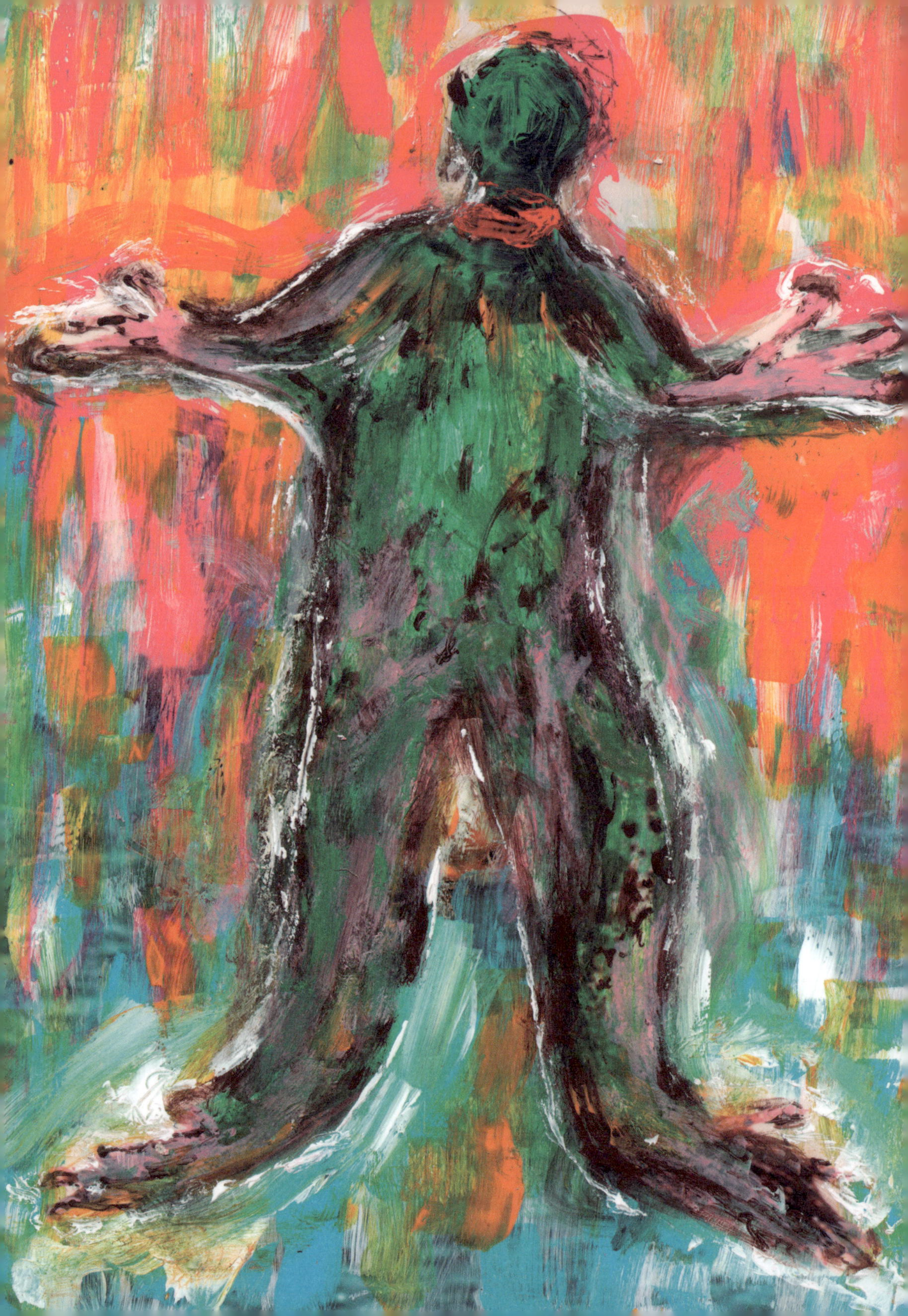

PETELECO E NEGUINHO DA BUIUNA

O Negro d'Água tem uma versão amazônida: trata-se do **Peteleco**. Como Negro d'Água ele é conhecido por todo o Sudeste, o Nordeste e o Centro-Oeste brasileiro. Já na Amazônia, ele se chama Peteleco.

Um corpo anfíbio: tem os pés e as mãos como de sapo, uma guelra no pescoço que serve para respirar no fundo, e a cor da pele bem preta.

Na Amazônia, seu hábitat, quem sabe, seria a região do rio Madeira, entre os municípios de Humaitá e Borba. É ali onde mais ele aparece. Mas só aparece para lavadeiras que estejam lavando roupa na beira do rio, ou banhistas que estejam sozinhos.

Lembrando que essa região foi colonizada por gente nordestina, talvez por isso sua lenda apareceu por lá. Tudo tem uma explicação.

E assim, como o Negro d'Água, vira canoa, ataca embarcação, apavora ribeirinhos desavisados.

No município de Boa Vista do Ramos, próximo de Maués, existe uma entidade muito parecida com o Peteleco: o **Neguinho da Buiuna**.

A diferença é que o Peteleco é alto. O Neguinho tem o tamanho de um menino. Se é mais de um, ninguém sabe. Só se sabe que é entidade maligna e que mora no fundo do rio. Talvez seja parente dos botos, os chamados Companheiros do Fundo.

O Neguinho, por sua vez, é muito forte, ainda que seja pequeno. Mas ai de quem o vir e que lhe queira ridicularizar por sua aparência.

Ele anda de madrugada pelas ruas da cidade, disposto a bater em quem o confrontar.

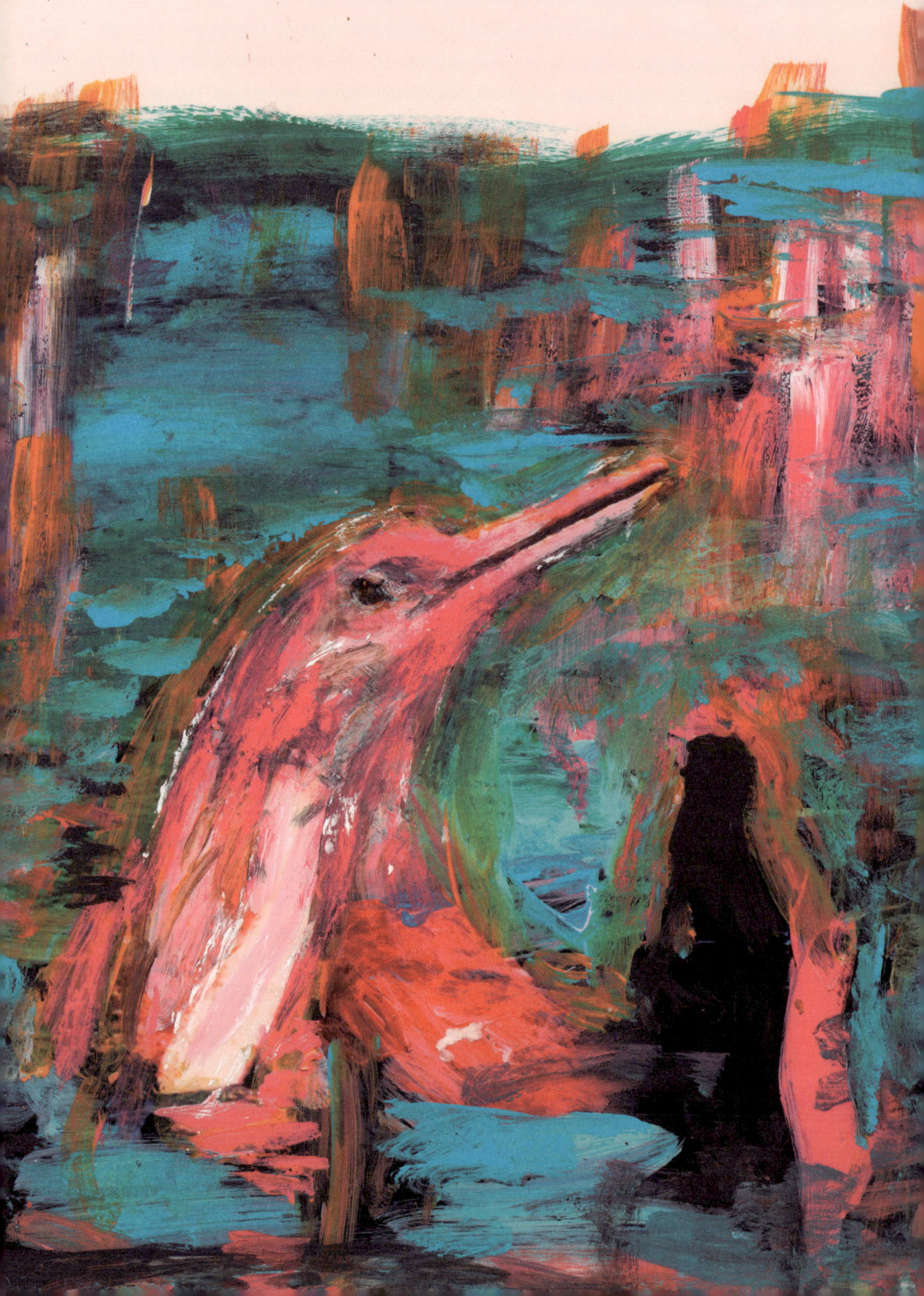

COMPANHEIROS DO FUNDO

São os mesmos Wiaras da religião Urutópiag̃ e da pajelança. O próprio nome **Companheiros do Fundo** é da pajelança; mas, no ideal do caboco ribeirinho, ganha nova roupagem, a começar pela cidade encantada na entranha do rio, onde os botos vivem como gente.

Ali, as ruas são todas de ouro, e as casas, de pedras preciosas. As frutas são das mais bonitas, porém, diferente da Urutópiag̃ e da pajelança; no ideal caboco, na cidade só há frutas estrangeiras: pera, maçã, melancia, jaca, uva... As arraias são chapéus e os **sarapós** são cintos.

Outra coisa bem diferente são as pessoas. Os botos-gentes ali são brancos e loiros. Talvez seja influência direta da chamada ditadura da beleza branca. Marca de um racismo exacerbado na Amazônia, onde o elemento indígena, entre os cabocos, soa como ruim.

Quando os botos vêm do fundo, mais precisamente à noite, vêm para namorar com mulheres. Em comunidades em que esteja havendo alguma festa, ou em momento das oito da noite, horário propício para namorar. Longe das luzes das lamparinas... de mutuca, ficam aguardando alguma moça namoradeira se desgarrar dos pais.

Falar de Companheiros do Fundo é complicado porque não há comunidade indígena ou ribeirinha que não tenha histórias verídicas de possessões de botos, engravidando moças e enlouquecendo rapazes. Afinal de contas, a veneração por humanos não é só dos botos, mas também das botas, as fêmeas dos botos.

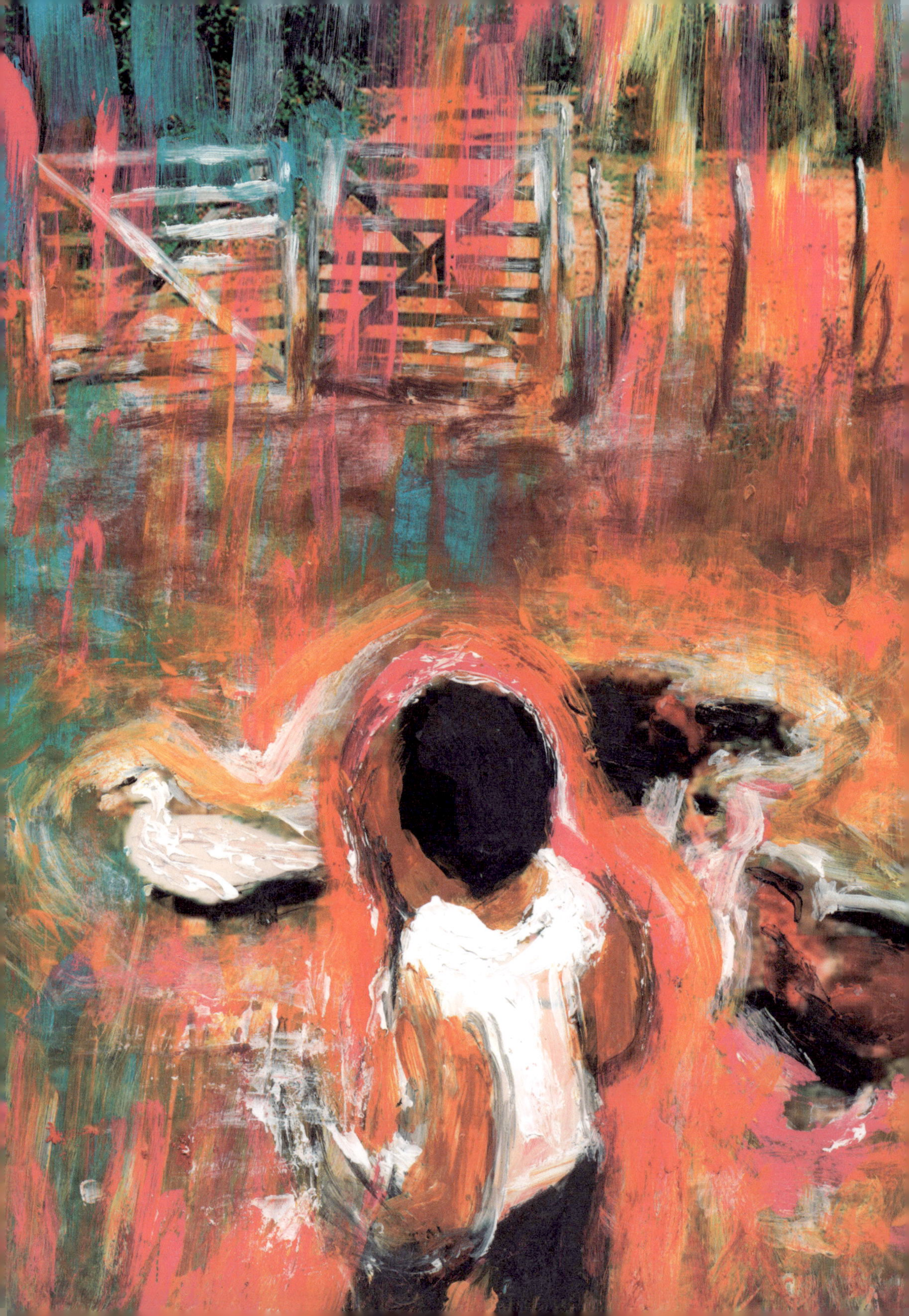

ROMÃOZINHO

Romãozinho é uma criatura maligna muito conhecida nos sertões brasileiros e também na Amazônia.

Segundo contam, ele era um menino, filho de pais pobres, do interior, e que sempre gostou de maltratar os animais e destruir as plantas, pois nasceu mau.

Uma vez, sua mãe lhe mandou levar o almoço para o pai, que trabalhava na roça. Ele foi contra sua vontade. No meio do caminho, comeu o guisado de frango, colocou os ossos na marmita e entregou ao pai. Quando o pai viu os ossos em vez da comida, ele perguntou:

– Por que me trouxeste ossos, em lugar de almoço?

– Deram a mim isso... Eu penso que minha mãe comeu a galinha com o homem que vai à nossa casa, quando você não está lá, e enviou-lhe somente os ossos – disse Romãozinho, na intenção de incriminar a mãe.

Enlouquecido, o pai deixou o trabalho e, ao chegar em casa, pegou a peixeira e esfaqueou a esposa.

– Por que estás me matando? – perguntou a mulher, com os olhos vidrados no marido.

– Enquanto eu trabalho, você me trai com meu ajudante. Dessa vez você me mandou ossos de frango para zombar de mim. Nosso filho Romãzinho me contou tudo.

Antes de morrer, a mãe amaldiçoou o filho:

– Você não morrerá nunca! Você não conhecerá o céu ou o inferno, nem repousará enquanto existir um vivente sobre a terra!

Romãozinho riu ante a maldição e foi embora. Desde então, o menino nunca cresceu. Saiu de casa, pegou a estrada e nunca mais voltou.

Anda por aí e faz travessuras das mais diabólicas, como quebrar telhas a pedradas, assustar os homens e torturar as galinhas.

Em algumas oportunidades faz coisas boas, mas isso é raro. De tanto aprontar e fazer mal às pessoas, o diabo lhe deu poderes para se esconder após fazer maldades e assim fugir tanto das pessoas quanto da polícia, para praguejar, e o poder de ser imortal.

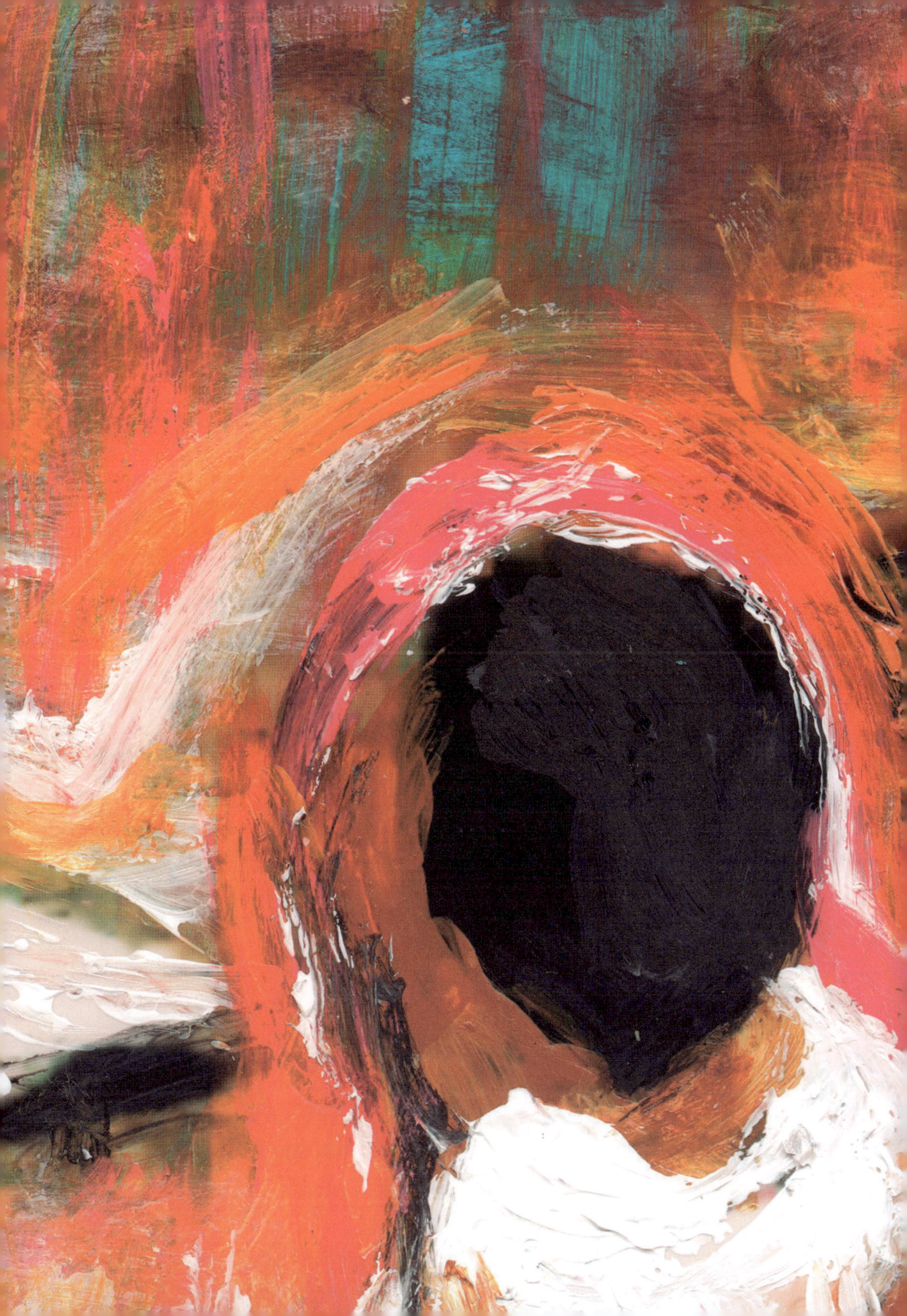

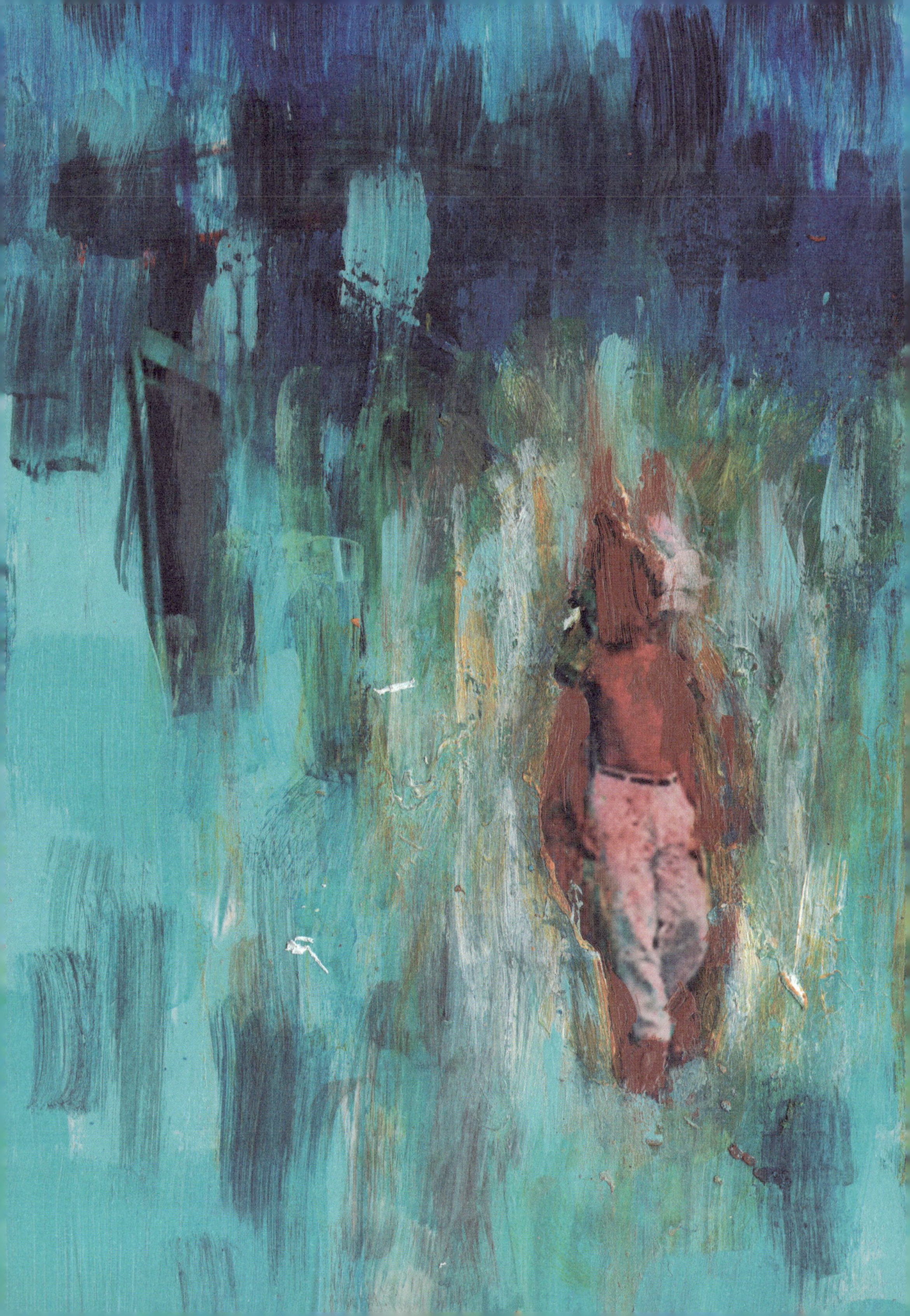

GLOSSÁRIO

ÃDIRAZES: antigo povo de origem arawak habitante do rio Andirá, no Amazonas.

AMAZÔNIDA: pessoa que vive na região amazônica, ou que atua em prol de sua cultura.

BOIUNA: nome tupi da "cobra preta", entidade das crenças indígenas da Amazônia.

CABOCO(A): o mesmo que caboclo(a), nome tupi kaabok, é de origem indígena.

CABOQUÊS: dialeto regional também chamado linguajar amazônico, é a mistura de português e línguas indígenas, com sotaque do nheengatu.

CAITITU: nome de origem tupi para porco-do-mato.

ÇAPUPÉ: antigo povo do baixo Amazonas, hoje, extinto.

CAUCHEIRO: quem é dono de uma área com pés de caucho (seringueira), ou que extrai a borracha do caucho.

ENGERAR: na fala amazônica, é a capacidade de se transformar em animal.

GOBLE: o mesmo que goblin, duende.

JÊ: um dos grandes grupos de povos indígenas do Centro-Sul do Brasil, que inclui, entre outros, os xavantes, os karajás e os bororos.

KA'APOR: povo indígena de origem tupi habitante do oeste maranhense.

KÃWÉRAS: homens morcegos, seres malignos da mitologia maraguá.

KÃWEWÉS: esqueletos alados, monstros da mitologia maraguá.

KURUPYRA: palavra da língua maraguá e nheengatu que significa pele de sapo.

MANIVA: pé de mandioca.

MARAGUÁ: povo indígena, de origem arawak, habitante da região dos rios Abacaxis, Curupira e Urariá, a leste de Manaus, no Amazonas.

MEBÊNGÔKRE: povo kaiapó, do Centro-Sul do Brasil, uma das maiores nações do tronco jê.

GLOSSÁRIO

MIRA'ÃGA: do nheengatu, significa "fantasma", "alma penada".

MONÃG: Deus supremo da religião maraguá, criador do universo e do mundo terreno.

MÓI WATÓ MAĞKARU SÉSE: "Cobra Grande", origem do povo mawé, que gerou os mundos da água e da terra, com todos os seus elementos, unindo-se a **Tupana** de dia e a Yurupari à noite.

NHEENGATU: idioma de origem tupi, também chamado de língua geral da Amazônia.

PAJELANÇA: o ato ou a forma de exercer atividade de pajé.

PETYGUÁ (PETYNGUÁ): cachimbo sagrado usado pelos guaranis para meditar, e pelos líderes espirituais para realizar rituais e se conectar aos deuses.

SARAPÓ: espécie de peixe amazônico.

SATERÉ-MAWÉ: povo indígena de origem étnica incerta, falante da língua sateré e habitante da terra indígena Andirá-Marau, na fronteira entre Amazonas e Pará.

TAPIRAYAWARA: em nheengatu significa "onça-anta-cachorro". Entidade pertencente à religião Urutópiağ, é o espírito protetor dos felinos.

TEMBÉS: povo de origem tupi, habitante da fronteira entre Maranhão e Pará.

TUPÃ: Deus na língua tupi e em várias outras línguas da mesma origem linguística.

TUPANA: Deus na língua nheengatu e sateré do povo Mawé.

TUPINAMBÁ: nome de grupos tupis habitantes de três regiões do litoral brasileiro: da foz do rio Amazonas ao Maranhão, no norte da Bahia, e do Rio de Janeiro a São Paulo.

TUPINAMBARANA (ILHA): grupo de quatro ilhas que se estendem da margem sul do rio Amazonas, a leste de Manaus, desde o município de Nova Olinda do Norte (terra natal do autor deste livro), até Parintins, incluindo Itacoatiara, Urucurituba, Boa Vista do Ramos e Barreirinha.

TUPINIKIN (TUPINIQUIM): povo indígena de origem tupi, habitante do sul do Espírito Santo e do Norte Fluminense; também chamado de tupinânkiya.

URUTÓPIAǦ: tradicional religião amazônida de origem indígena, criada a partir das culturas sateré e maraguá. O significado do nome é "nossa crença".

VISAJE: no linguajar amazônico (caboquês), significa "fantasma", "assombração". Variante de "visagem" (do português padrão).

VISAJENTO: do linguajar amazônico, significa "fantasmagórico", "mal-assombrado".

WASIRY: filho de Monãg, que criou os vegetais e os rios.

WAURÁ ANHÃGA: família ou classe de entidades pertencentes à mitologia e à crença da religiosidade Urutópiãg.

YGAPÓ: palavra da língua nheengatu que significa "floresta alagada".

YGARAPÉ: palavra da língua nheengatu que significa "rio pequeno", "caminho de canoa".

TXSLAKÃG: entidade da classe dos seres, segundo a religiosidade tradicional Urutópiãg.

Fonte Source Serif Pro e Canvas Inline
Papel offset 150g/m²
Impressão Gráfica Edelbra, agosto de 2024
1ª edição